ファン文庫

ダイブ！
潜水系《イルカ》公務員は謎だらけ

著　山本賀代

マイナビ出版

CONTENTS

プロローグ

「こんな夜まで当直なんて、寒いなあ……」

　誰も聞く者がいない中、陣野剛史《じんのつよし》は潜水艦の上から真っ黒な空を見上げて呟いた。この夜、岸壁から艦《ふね》に向けて梯子《はしご》がかけられ、横並びに浮かんでいるもう一隻の艦には、さらに梯子がかけられている。帰路につくために、当直員以外は艦から艦へと渡っていった。寒空の下、制服の上に厚手の外套を羽織っていても、頬には何も覆うものがない。潮風に吹かれると冷たいだけではなく、ひりひりと痛みさえ感じ、心身ともに辛いのだ。

　艦の上に建てられた吹きさらしのテントの中で、たったひとり、冬の冷たい風に吹かれながら、ただ手持ち無沙汰な見張り番をしている自分を想うと、剛史は心の中まで冷えきってくる気がした。

　そして、制服のズボンのポケットの中からスマホを取り出した。

「結局、また今年のクリスマスもこんなとこで迎えるわけか……」

　二十六年間、彼女と過ごしたクリスマスもクリスマスイブなど皆無だったが、二十四日の夜に、教育隊時代からの同期たちと、いつもは行かない日本料理店で、数年ぶりに忘年会をする予定だった。同期と酒を呑み、そんな寂しさを紛らせることができるのを、剛史は心待ちにしていたのだ。

しかし、結局今年も当直を押し付けられ、忘年会の予定はキャンセルせざるを得なくなってしまった。

と言うのもその数日前、後輩の隊員が潜水艦に魚雷を搭載する際に、誤って発射管との間に指を挟む事故が起きた。すぐに病院に搬送されたものの、指を負傷し、しばらく艦から降ろされることとなったのだ。彼はクリスマスにかけての当直だったのだが、当然任務につくことはできないので、他の隊員に替えなければならない。病院まで同行した看護長が、艦の食堂の机の上で、当直員の人員配置表を広げて頭を抱えていた。

「陣に頼んでみたら、どうなんですか？　今年は年明けてから、青森の実家に帰るって言ってたんで」

剛史はちょうど食堂の席につこうとした時に、同僚の大川《おおかわ》が看護長にそう話しているのを聞いた。剛史の横で、先輩の田所《たどころ》は「運が悪かったな」と笑っていた。

事故で艦から降ろされた隊員のしわ寄せは、妻も子もいない剛史に向かった。

「陣野、急で悪いが、二十四日の当直頼めないか？」

「自分ですか!?」

「大川が、陣野は年明けてから帰省するって言ってたけど、違うのか？」

「あ、いえ……」

丁度いいタイミングで食堂に入ってきてしまった剛史は、看護長から追及されると、渋々ながらもクリスマスの当直を引き受ける羽目になってしまった。

「よし、なら頼む。よろしくな」

　看護長は満足そうな表情を浮かべ、その場から立ち去ると、剛史が大川の腕を軽く引っ張った。

「なんで俺の予定を勝手に喋るんだよ！」

　剛史は押し殺していた苛立ちを大川にぶつける。

「大川のせいで、俺が当直になったじゃないか！　同期と飲み会もあったのに！」

「俺は嫁さんの実家に一緒に行く予定だし、田所先輩も故郷に帰るし、仕方ないじゃろ。この時期に当直になるんは、下っ端の独身しかおらんの」

　同い年ながらバリバリの広島弁丸出しの大川にそう言われると、剛史は何も言えなくなった。様子を見ていた田所も、なだめるようにこちらも博多弁で剛史に言う。

「大川の言うとおり。いくら相手がおらん先輩たちでも、俺たちは頼めんけん。お前しかおらん」

　田所の言葉に、剛史は大きくため息をついた。

「わかりました……」

　結局、剛史が同期との忘年会をキャンセルして担当することになった当直は、例年通り全員が独身者だった。世間では皆、特別な夜を過ごすというのに、同じ艦、同じ顔触れ、同じ食堂で食事を摂る。唯一違っていたのは、まるで当直員を慰めるかのように調理員が作ってくれた、パウンドケーキが添えられていたことだった。しかし、思い返せば、昨年の当直時も同じメニューだった気がする。

夕食時、当直員のうちのひとりが食事のプレートを見つめ、ボソッと呟いた。

「来年こそは、この当直のメンバーから抜けて、彼女とデートに行けたらなあ」

その場にいた全員が、はっとして顔を上げると、お互いの視線がぶつかる。このままだと、また来年もこのメンバーに加えられてしまう……。剛史は自分の気持ちを悟られないように、涼しい顔をしながらひとりひとりの隊員の顔を横目に眺めていく。それぞれがつまらなさそうに食べ物を口に運ぶ表情は、やはり冴えない。剛史は、目の前にいる隊員たちと、自分も同じ目をしているのだろうと思うと、本気で婚活をしなければいけないと決意を固めたのだった。

腕時計の針は、既にイブからクリスマスに変わったことを告げている。剛史はテントの中で、夕食時の隊員のつまらなそうな表情を思い出していた。

「来年こそは、いい人見つけないと。いつまでもクリスマスに当直なんて、本当にもう嫌だし……」

潜航時以外は艦のハッチにはカバーがかけられ、ぽっかりと開いたままだ。開かれたハッチの横に舷門《げんもん》小屋と呼ばれる緑色の簡易的なテントを張り、外部からの侵入者を防ぐために、何時間も寝ずの番をするのだ。

暖をとるための小さなストーブが設置されてはいるが、何時間も外にいると、体の芯まで冷えきってしまう。剛史は青森育ちではあるけれど、この舷門の当直が一番苦手だった。

暇に飽かして画面を見ると、青森の友人からメッセージが来ていた。

故郷に残った友人は、既にほぼ全員が結婚した。メッセージを開くと、メリークリスマスという言葉とともに家族写真や、彼女との写真、そして美味しそうな夕食の様子が送られている。

リア充の友達と、寒空の下にたったひとり佇む自分の状況を見比べると、剛史はどうも負けた気がした。楽しそうな家族写真という印籠を見せつけられると、彼らに対抗できるものなど何も持ちあわせていないのだ。

「なんだよ……。幸せってのを、見せびらかしたいだけか……」

自らが呟いた言葉が、再び自分の耳に響くと、剛史は余計に惨めな気持ちになった。

「はあ……」

剛史は深くため息をつくと、がっくりと項垂《うなだ》れ、頭を抱えた。潜水艦乗りは一年の三分の二は海の底へ潜り、ろくに家族とも会えない。それが運命だと、剛史は高《たか》を括《くく》っていたが、地元の同級生の平凡な幸せが、この日ばかりは羨ましく思えてならなかったのだ。

高校生の頃はまだやりたいこともわからず、剛史の高校の就職率は低かったので、とりあえず職につくことが剛史の第一目的だった。地元の友人と比べると、今夜ばかりは自衛官への道を選んだのは間違いだったような気さえする。

「潜水艦に乗ってないやつは、みんな幸せそうだな……」

目の前の海も、空も、艦も、皆真っ黒で、しんと冷え切った空気に、剛史は孤独を覚えたのだ。

堂々とスマホを使うことは差し控えるべきだが、人目を憚《はばか》りながら画面を開くと、ずっと迷っていた結婚相談所の資料を請求した。

企業戦士と自衛官

「今夜も残業しちゃったなあー」

竹上《たけがみ》電工の財務経理部に所属する谷原里佳子《たにはらりかこ》は、数字ばかりが表示されたPCを見つめ呟いた。凝り固まった肩へ手をやり、デスクに置かれた時計に目をやる。

相次ぐアジア勢の新規参入により、総合家電メーカーはどこも苦戦を強いられ、売り上げは予想以上に伸び悩んでいた。日本を代表する竹上電工もそのうちの一社で、図体の大きいグループ会社であるだけに、下振れ損失見込みも相当巨額になる。

四月末の本決算まで数週間を残し、里佳子は未回収に陥ったままの、売掛金のデータを収集していた。

派遣社員や、仕事を終えた同僚たちが次々と帰りの挨拶をし、徐々に同じフロアのメンバーが減っていく。

里佳子は大きく両手を広げて伸びをし、パーティションから覗き込むと、後輩の矢崎真也《やざきしんや》の背中を小突いた。

「いてっ」

矢崎は里佳子の左隣に席があり、憎めない愛《う》いやつで、部内のムードメーカーだ。

「もう、疲れちゃった。コーヒー淹《い》れよっと。橘《たちばな》さんもブレイクしますか?」

里佳子は、右側のデスクに座る、橘透《たちばなとおる》へ声をかけた。

「よろしく。俺は九時には帰るぞ」

「じゃあ、私も早く帰ります！」

橘は里佳子の直属の上司で、八歳上だ。実務において、最も信頼でき、頼れる存在でもある。

「里佳子先輩！　俺のもお願いします！」

「矢崎の分だけ、超アツアツにしておくね」

里佳子はそう言うと、もう一発、矢崎の後頭部を小突いた。

「俺が猫舌なの知ってんのに！　俺も今日は早く帰りますからね！」

いつもの残業のメンツになると、張りつめていた空気が和やかになる。

再びデスクに戻り、ＰＣのキーボードに手をかけた所で、橘が里佳子のパーティションを覗き込み、話しかけてきた。

「谷原、来年度から、プロジェクターの開発にかかる助成金がカットされるようだ」

「え、そうなんですか」

「そんな大した額面にはならないけど。本決算の数字も良くないし、この時期にこういうことが重なるとなあ」

気が滅入る、と言わんばかりに橘は首を横に振った。

「私も法人営業部の売掛金データを見てるんですけど、冴《さ》えないですね……」

「そうか……。この調子だと次の決算会議、荒れるだろうなあ」

橘がそう言い終えると同時に、里佳子たちは深くため息をついた。再びデスクに戻っても、状況が芳しくないデータばかりがモニターに並んでいる。

「はあ、やる気出ないなあ……」

そんな気持ちを抱えたまま、ため息まじりに時を過ごしていった。そして橘の宣言どおり、財務経理部は九時を少し過ぎたところで、部内の電気が消された。

四半期ごとに決算が行われる竹上電工では、決算が近づくと、今に比べて仕事の量は膨大に増える。里佳子は月に一度は家族に会いに帰るのだが、比較的業務が穏やかな今のうちに、数駅離れた実家へ帰省した。


鉄柵の取っ手に手を掛け軽く押すと、聞き慣れた音を立てて門扉が開いた。

里佳子が玄関の戸を開けると、老犬のヨークシャーテリアのシェリーが小走りでやってきて歓迎してくれる。頭には、トレードマークの赤いリボンをつけていていた。家族の意外な帰宅を心から歓迎するように、声を上げながら短い尻尾を必死に振る。帰りを待っていてくれる存在がいると思うと、里佳子は少しホッとした気持ちになった。

数週間ぶりに実家に帰って来たが、母の計らいで自分の部屋は埃《ほこり》が溜《た》まらないようにと、掃除が施されていた。

里佳子は当時総合商社に勤めていた父の転勤で、小学校の四年間をドイツで過ごした。

その後、日本の小学校の五年生へ編入し、大学は再びドイツへ戻ったのだった。

里佳子は本棚に立てかけられた、分厚いハードカバーをめくった。当時使用していた学生時代の教科書には、忘れてしまった単語が山ほどあり、懐かしい匂いがする。

父親の海外転勤に憧れ、毎年のように異動希望を出した。その希望が通ることはなく、今の部署のままでは、海外に関わる仕事は特にない。里佳子は、夢のような海外勤務を、もう志半ばで諦めていたのだ。

「この本は持っていても、仕方ないわ。うちの会社もどうなるかわからないし……」

里佳子はそう呟くと、ドイツ語で書かれたハードカバーを何冊か見繕って紐で結び、「もう使うことなんて、ないわ……」と、廊下へそっと置いた。

翌日、両親は兄の秀彦《ひでひこ》も誘い、馴染《なじ》みのステーキハウスを訪れた。

数年前に結婚して実家を出た兄は、家族も連れて来るだろうと思っていたが、遅れてタクシーでやってきたのは、秀彦だけだった。両親と兄は、そそくさと店へと入ると、何も聞かず、席についた。

兄がひとりで店に訪れたことを不審に思い、里佳子が尋ねた。

「ああ、お前には言ってなかったんだが……」

昨年、兄の秀彦は勤めていた会社を退社し、十年ほど前に立ち上げた父親の会社の副社長となった。個人商社に毛が生えたような零細企業だ。

「俺に黙って借金してたんだ」

どうやら義姉は小遣い稼ぎにＦＸを始め、取引で生じた損の穴埋めをしようと、借り入れを重ね、あれよあれよと言う間に、借金を雪だるま式に増やしてしまったらしい。

秀彦は社交的だが生真面目だ。そして、派手な女性を好まない。義姉も、日本画に出てきそうな古風な女性だった。上品で物静かで、育ちの良いお嬢さんというのが第一印象だったのに何故……。

「慰謝料や親権、それから資産分割について今協議しているが、折り合いがつかなくてな。弁護士先生に相談しているところだ」

秀彦は淡々と話した。その口調は、里佳子が想像しているより、状況が深刻だということを示しているようだった。

「ここからは、俺の単なる要望なんだが……父さんの年齢も、世間で言う定年に近づいてきたし、今後のことを考えて、できれば会社の経理は里佳子、お前に頼みたいと思う」

「え？　私？」

里佳子の態度を見ると、すかさず、父が口を挟んだ。

「今の仕事、辞める気はないか？」

「え？　そんな唐突に言われても……」

全ての展開が早すぎて、里佳子は頭がついていかなかった。義理の姉の多額の借金から、自分の転職。ステーキが焼きあがる前に、思考はもう腹八分になっていた。

「今すぐに決めなくてもいい。先でもいい。ただ、俺は、いずれはお前に頼みたいんだ」

「雪《ゆき》兄はどうなの？」

秀雪《ひでゆき》はダメだ、と父は、次男に打診する気すらないらしい。

「ダメと言うより、商売っ気がないからな。そのままサラリーマンを続けることが、秀雪には一番合ってるだろう」

「里佳子、竹上の財務状況、ホームページで見たぞ。決していいとは言えないみたいだし、大手とは言え、大丈夫なのか？」

頭の切れる秀彦に、会社の芳しくない決算内容を突かれ、里佳子の立場では、大丈夫と胸を張れなかった。つい何ヶ月か前も、大手半導体メーカーが大赤字を叩きだし、あらゆるメガバンクに資金援助を要請したが、ソッポを向かれ、あえなく倒産へと追い込まれた。競合ではないが、電子機器や電気製品関連メーカーもアジア勢に追い込まれ、利幅が広がらない。

「秀兄の言うとおりだよ。去年のクリスマス商戦で、敗戦したのは確実だと思う。次の本決算も、部内の予想だと、桁違いの減収減益は避けられないんじゃないかな」

「まあ、あまり無理しないでちょうだいね。私、とても心配だわ。ずいぶんと痩《や》せたんじゃない？」

母が心配そうな表情で、里佳子の顔を見る。

「ママ、大丈夫。私のことは心配いらないからね。それに、今すぐ潰れそうってわけじゃないし。たしかにまずい状況ではあるけど……」

「竹上にそんな時代が来たとはなあ。信じられんよ」

まさに、里佳子が思っていたことだった。父はそう言うと、ビールをグイッと飲みきり、もう一杯注文した。

「父さんが譲ってくれた会社だからな。できれば続けたい。そこに里佳子がいれば、鬼に金棒だがな。もちろん里佳子の人生だから、最終的には里佳子が決めていいんだ」

秀彦の言葉に、父も柔和な表情で言う。

「ああ、もちろん私たちも秀彦と同じように思っているよ」

里佳子は何度も、うん、うん、と頷《うなず》いた。

「うちみたいな零細企業にも言えることだけど、今時、いくらいい会社に就職したとしても、来月には潰れるかもしれない。金なんて、いつまでも続くものでもないんだ」

秀彦が言うように、入社してからは天下の竹上電工と言われ、少しだけ優越感に浸っているような気になっていたし、仕事や自分自身に対する自信にみなぎっていた。それが今や、潰れるはずのない名だたる企業の地位が揺らぎ、里佳子もまた、働く原動力というやりがいを見失いかけていた。いずれ、敗者の竹上電工と言われるだろうか。そう呼ばれる前に、引き際を考えておくべきだろうか……。

里佳子が悶々《もんもん》としていると、二杯目のビールがテーブルに運ばれる。

「仕事もいいけど、結婚もそろそろ考えろよ。まあ、今の俺が偉そうなこと言えないけどな」

「だって、今相手がいないんだもん。年々合コンも減ってきたし。いい人いたら、私が紹介してもらいたいくらいなのに」

「俺の周りにはなあ。あー、やっぱ里佳子には紹介できないわ」

「なんでよ」

「結婚したら、親戚になるんだぜ!? そこまで信頼できるやつはいない」

里佳子と秀彦はそんなことを話しながら、美味しい肉厚のステーキを味わい、再び四人でジョッキを合わせた。


それなりに、仕事も楽しみ、恋愛もした。ただ納得できる相手には、まだ出逢えなかった。付き合い始めて、熱が冷めやらぬうちは、一時的に結婚オーケーのフラグが上がる。だが、冷静になると、この人で良かったのかと、自分の中に妥協がないか不安になるのだ。

新年度が始まった四月のある日目に留まったのは、社内の廊下の壁に貼られた、福利厚生の結婚相談所のポスターだった。

「結婚かあ……」

里佳子は会社の行く末を考え、辞めざるを得なくなった時の保険のひとつとして、結婚を考えてみることにした。

竹上電工の経営状況は年々悪化し、自分の人生を見つめ直そうと試行錯誤している時は、普段目がいかないモノに目がいくのだった。

里佳子は、結婚そのものがしたいわけではなかったが、あとになってやっぱり子供が欲しかった、なんて後悔をしたくなかった。

「あなたの条件にピッタリなお相手！」という文言に反応し、大きく書かれたフリーダイヤルに、電話をした。とは言え、とりあえず結婚相談所というものに行ってみようと思っただけで、必ずそこで相手を探そうとは思っていない。誘われれば、合コンだって行く。両親にも、釣書を書いて渡してある。出会いの間口は狭めていない。

「とりあえず、入会してみるのもいいかも」

社員割引が適用されることもあり、里佳子はひとまず、入会することにしたのだ。

里佳子は結婚相談所とは無縁なタイプに見える。日本を代表する総合家電メーカーに勤めているし、スレンダーでパッチリとした瞳、気品さえ漂っている。見た目、学歴、勤務先、どれを取っても誰とも堂々と勝負できるだろう。

そんな里佳子に、無料結婚相談を行ってくれたのは、綺麗《きれい》なアドバイザーだった。

年は四十前後であると思うが、同年齢の女性と比較しても、平均値を大幅に上回っている、この人なら任せてもいいかもしれないと、里佳子は率直に思った。

「こちらのプランですと、里佳子さんの条件に合った男性を、月にひとりずつご紹介できます。あなたなら、半年以内で良い人が見つかるんじゃないかしら？」

仮に一年間、ここで活動を続けたとしたら、高級ブランドバッグが買えるほどの札束が、ゆうに吹き飛ぶぐらいに婚活費が嵩《かさ》む。だが、彼女の甘い言葉の口車に乗せられ、入会を決めた。

結局、里佳子の正式な担当になったアドバイザーは、アラフォーの天然パーマの小太りの女性で、とても見る目があるようには思えなかった。いざ活動が始まると、その姉さんから次々と会員の男性を紹介された。

その中で会ったのは四人、ひとり目は、外資系の金融マン。ふたり目は弁護士事務所に勤務している弁護士。三人目は不動産会社のひとり息子。四人目は、都会から離れた歯科医の息子だった。

勤務先、出身校、写真を見て、これなら会っても良さそうだ、という結論に至った男性だったが、実際に会ってみると、誰ひとりとしてピンとくることはなかった。

結婚に逃げたくなったのは事実で、婚活を始めてかれこれ半年が経過していた。カレンダーは実際に十月へと変わっている。夏休みにデートをする相手も見つけられないままダラダラと活動を続けたのだ。妥協して男性と結婚をするならば、仕事と結婚する方がいい、里佳子はそう思っていた。

「結婚相談所に頼る男なんて、売れ残り。自分から狩りもできない男たちなのよ」

連日更新される、芳しくない販売データを睨《にら》み続け、ＰＣの画面から目線を外した瞬間にふと、中学時代から仲の良い親友の声が、頭の中に響いた。

登録して約半年。費用ばかりが嵩み、結婚相談所などで相手を探すことは辞めようと、里佳子は思い始めていた。彼女の言ったことは、悔しくも正解だったと里佳子は思い、入会したことを後悔した。

里佳子は気持ちを切り替えるため、給湯室へ向かった。高層ビルの窓ガラスの外からは、夕暮れの西日が差しこんでいる。空っぽになった自社製ポットに浄水器の水を足し、壁にもたれかかって、スマホを取り出した。

スマホを確認すると、相談所の姉さんからメールが届いていた。

『谷原様、いつもお世話になっております。国家公務員の方から、お見合いのセッティング申し込みがありました』

沸騰するまでの残り時間を確認し、添付されたデータを開くと、職業欄には、自衛隊員と書かれていた。

航空自衛官だったら、なんとなくエリートっぽくて、陸上だったら汗臭そう、海だったら船乗りかな、そんな印象だった。

今回は初めての〝お見合いセッティング〟だ。これは、わざわざオプションで一万円も上乗せし、直々にお見合いを申し込む。つまり、そうしてまで、男女のあいだを誰かに取り持ってもらわないといけない男なのだ。

添付ファイルに公開されているデータは、高確率で、期待外れな顔写真が飛び出てくるだろう。あまり期待しすぎないようにと気持ちを落ち着かせた。

「この人でダメなら、もう退会しよう。婚活費も馬鹿にならないし」

そしてファイルを開くと、意外にも好青年が制服に制帽を被《かぶ》っていた。

年齢は三つ下の二十七歳で、鼻筋が通っていて、職業柄なのか目つきが悪そうに思えた。

制服を着ている方が、ポイントが高い、なんて担当アドバイザーに促されたのだろう、と里佳子は思った。

しかもその写真をよく見ると、背景に相談所に置かれている観葉植物が写り込んでいる。

「担当のお姉さんに言われたとおり、私、わざわざ写真館で撮影したのに！」

制服を着て、適当に撮った画像を提出するとは、やる気のなさが感じられた。

スマホを握ったまま、脱力感と共に、再び給湯室の壁にもたれた。ポットから徐々に湯気が上がり、蒸し暑くなる。見つめたままの画面から放たれる眼光は、相談所で出会ったどの男性よりも鋭かった。

スマホをじっと見ていると、コツコツと革靴の足音が聞こえてきた。目をやると部下の大河内《おおこうち》新《あらた》だった。

大河内は矢崎よりも二年後輩で、九月の人事異動で財務経理部に来たばかりだ。

「まだ、沸騰してないみたい」

「矢崎さんが、コーヒー淹れろ、って言うんで」

「湧いたらすぐに持って行くから。大河内の分もね」

なかなか沸騰しないポットを横目に、再びスマホへ視線を落とした。

「自衛隊員ね……。でも、今までのプロフィール写真の中では、一番整った顔かも」

と、里佳子は胸の中で呟いた。

十月末に行われる第2四半期決算を迎えるまで、もう何日も残っていない。週末まで残業の連続だった。

部長の木下は資金調達のために、銀行の頭取と数時間に及ぶ会議に駆り出され、橘は会社の資金計画を見直している。必死に業務に取り組んでいる上司を見ると、里佳子は自分の身も奮い立つような気がした。

可愛《かわい》くも、雑な字で矢崎が書いた『あと三日！　頑張ろう！』のカウントダウンが、壁に貼られ、締め日がみるみるうちに近づいてくる。

区切られたパーティションの壁には、ＴｏＤｏリストが貼られ、いつ崩れてもおかしくないほどに、里佳子のデスクには書類が積み上がっている。

「谷原、データ、これで全部間違いないか？」

「里佳子先輩、この書類出来上がったので最終確認してもらってもいいですか？」

橘と矢崎が同時に里佳子の席へやってくると、里佳子の机の上にある内線電話が光った。

「ちょっと待ってもらえませんか⁉」

里佳子は息を大きく吸い込むと、電話機を片手に、モニターを見つめ、キーボードを叩いた。

「財務経理部、谷原です！」

決算書に表れる、わずか数行足らずの数字のために、担当する収支を仕上げていく里佳子の頭の中は、今にも沸騰しそうになっていた。

家に帰る電車の中で、姉さんに連絡した。相手は今週末か、来月末を希望しているそうだ。間が空かないよう、次の日曜の夕方に、結婚相談所のオフィスで会うことになった。

決算発表の締め日に追われ、結局里佳子は見合いそっちのけで、当日を迎えた。


朝起きて部屋のカーテンを開けると、穏やかな秋の日差しが、優しく里佳子の部屋に差し込んだ。

合コンで受けが良いシックなワンピースに、カーディガン、リップは艶っぽく、髪の毛もカーラーで巻き上げ、きらびやかなクリップでハーフアップにした。

足元はヒールにするつもりだったが、念のため彼のプロフィールを見直した。

「身長何センチだったたっけ……？」

以前に見合いに行った時、相手の男性を、上から見下ろす形になってしまったことがあったからだ。

結婚相談所へ向かう電車の中で、もう一度プロフィールを確認してみる。この写真と実物は、どれくらいギャップがあるのか、という不安はあった。

「いい人に見えるんだけどなあ。変な人じゃなかったらいいなあ……」

自衛隊員で年下、華はないが、真面目そうな顔立ちと、画面から滲《にじ》み出る鋭い視線が印象的だった。普段着とは違う自分の姿が電車の窓に反射すると、里佳子は背をピンと伸ばした。

指定された時間の五分前に相談所へ着き、入口に置かれた内線電話で、姉さんを呼び出すと、手際良く室内へ案内された。

パーティションで区切られた部屋を抜け、応接スペースへ繋《つな》がる廊下を歩いていくこの短い時間に、一気に緊張感が高まる。

「では、参りましょうか」

里佳子がにっこり微笑《ほほえ》み、頷くのを確認すると、姉さんがドアをノックした。

「失礼致します」

姉さんにつられ、里佳子は丁寧に頭を下げた。顔を上げると、好青年と仲人役が立ったままで待っていた。

小奇麗な短髪に、写真で見たとおりの切れ長な瞳。体も表情も引き締まり、シュッとしている、という表現がぴったりだと思った。背は高く、背筋は狂いなくまっすぐだ。美形というわけではないが、今まで結婚相談所で出会った誰よりも、整った顔をしていると、里佳子は安心した。

里佳子が部屋へ入ると、伏し目がちに様子を窺《うかが》う姿が印象的だった。

「どうぞ、こちらへお越しくださいませ」

姉さんに代わって、仲人役が里佳子を促した。大きな窓があり、神戸市内を一望できる。

応接室とは言え、ソファがあるわけではなく、観葉植物と白い丸テーブル、椅子が四脚置かれている。

切れ長の瞳は、想像よりも柔和で、聞いていた年齢以上に若く見えた。里佳子の顔を見て、驚いたような、恥ずかしいような表情をしており、「不器用」と文字が浮き出ているようだった。営業マンみたいに、作り笑顔くらいしてよ、と里佳子は内心思った。

「本日はお忙しい中、お時間を頂きまして、どうもありがとうございます。今日は天気も晴れて良い日になりましたね。こちらが、陣野剛史さんです」

「はじめまして、陣野剛史です。よろしくお願いします」

日曜なのにスーツと紺のネクタイを着用し、言われたとおり着てきました、と言わんばかりだった。

「こんにちは。谷原里佳子です」

彼とまともに目が合わない。

「きれいな会員の方を目の前に、剛史さんも緊張されているようで」

青年側の仲人役の人が、フォローをした。軽く会釈をすると、「どうぞおかけ下さい」と告げられ、お互いがほぼ同時に椅子に座った。

彼の緊張が伝わってくるようで、里佳子の顔から思わず笑みがこぼれた。それを見て、彼の顔が真っ赤に染まる。

「先に釣書をお渡ししてしまうと、話が広がりませんので、陣野さんから自己紹介を始めてください。私たちはいったん席を外しますが、合間を見て、様子を窺いにきますね」

たしかに釣書が手元にあると、緊張から、お互い紙だけを見つめることになり、会話など、ろくに弾まないだろう。

仲人役は満面の笑みと共に、応接スペースから姿を消した。部屋に置き去りにされた途端に、目線のやり場に困っている彼の緊張感が、チクチクと肌に突き刺さるように伝わってきた。

「あの、はじめまして。陣野剛史と申します。今年で二十七になります」

シャイで無口そうな青年が、初めて自発的に声を発した瞬間だった。

「はじめまして、谷原里佳子です。三十歳です。釣書に自衛隊員って書かれてあったんですけど、国家公務員になるんですか？」

話すのが得意でないと思われる彼を気遣い、里佳子は続けて話した。

「はい。特別職国家公務員です」

「自衛隊って、陸とか、空とか——」

「海上自衛官です」

「海上自衛官……なんですか？」

おうむ返しでもしないと、会話の間がもたない。自衛隊に関して予備知識がない里佳子にとっては、少し窮屈な時間だった。

「自分は、船乗りなんです」

スーツで身を固めた青年から船乗りの姿は、全く想像できなかった。

「あ……そうなんですか。厳しい訓練を乗り越えて来られたんですよね」

「入隊した頃の訓練は、たしかに厳しかったですね」

「どれくらい厳しかったんですか？」

「そうですね。例えるなら……地獄です」

「地獄、ですか？」

青年が真顔でそう言うと、里佳子から再び笑みがこぼれた。お互い肩の力が抜けて、ようやく視線が重なった。

「そんな厳しい訓練を、かいくぐって来られたんですね」

「もう昔の話です。今の仕事自体は、大変ではありません」

体力勝負の自衛隊の職務が、過酷でないはずはない。きっと仕事が激務だとか忙しいだとかは言わないように、とかアドバイスされたのだろう。姉さん曰《いわ》く、婚活にマイナスなイメージになるらしい。

余暇を楽しむことができる男性をアピールすることで、女性に余裕を与えるとかなんとか、話していた。家庭を顧みない男性より、イクメンの方が売り手だと言われたのだろうと、里佳子は思った。

「今は出港していなければ、当直以外は土日も休めますし、ドック入りすれば、あっ、すみません……。よくわからないですよね」

自分とは別世界で生きている彼を、里佳子はもう少し知りたいと思った。　彼の言う船乗りとは、地獄の訓練とはどんなものなのか、彼の仕事に興味が湧いてきた。

緊張感が和らいだ頃合いを見計らって、仲人役が入ってきた。仲人役がお互いの釣書を渡しているあいだに、姉さんが熱い緑茶を注いでくれた。湯気の中にお茶の香りが立ち上り、肩の荷が軽くなった気がした。

仲人役は、用意された釣書を見ながら、陣野剛史を評価点一・五割増しで紹介していく。出身は青森県で、神戸在住。そのわりに訛りや方言は全く聞かれず、つい今さっきまで癖のない標準語で話をしていた。出身校を聞いても、名門校か進学校かすらわからない。時折顔を上げ、青年の横顔を見つめると、地方出身らしい純粋な顔にも思える。続いて仲人役が里佳子の釣書を読み始めると、青年は穴が開きそうなくらい凝視している。

「里佳子さんは、ベルリンニコライ大学をご卒業されております」

その言葉に青年は、ハッとしたように顔を上げた。

「ベルリンって、ドイツですか？」

里佳子ははい、と軽く返事し、青年の釣書を見ると、大学の欄には何も書かれていない。

「え？」

安いとは言えない料金を支払い、相談所に来る自衛官は皆、防衛大卒だと勝手に思い込んでおり、思わず口をついて出てしまったのだ。

「どうされました？」

不意に声を上げた里佳子に、姉さんが声をかけた。

「あ、いや、その、すみません」

全く返事になっていなかったが、誰も気に留めなかった。

お互いの釣書を読み上げ、趣味などを話し、二、三十分ほど経過した時、姉さんが、青年と里佳子の顔を交互に見ながら提案した。

「もし良かったら、このままお茶などされては、いかがですか？　里佳子さん、本日は何か予定でもおありですか？」

これがこの結婚相談所のやり方だ。断っても構わないが、里佳子はもう少し彼と話してみたいと思った。

「私は、いいですよ」

「そしたら、じゃあ、えっと、あの……」

返答に困る好青年を見かねて、言い出しっぺの姉さんが助け舟を出した。

「陣野さん、地下街へ抜ける途中にカフェがありますよ」

今の時点で結婚相手としては正直考えにくかったが、真面目一徹で、恋愛のいろはのいの字も知らないだろう不器用そうな彼に、里佳子は妙に惹《ひ》かれたのだった。

彼は、自分から見合いを希望したせいか、何度も「すみません、ありがとうございます」と繰り返し、そんな態度も余計に謙虚に思えた。

目当てのカフェに入り、窓側にある席へと通された。

「奥へどうぞ」

もう、誘導してくれる仲人役や、姉さんはいない。メニューを渡され、里佳子はお互いに見えるように向きを傾け、「何にしますか?」と尋ねた。

青年がオーダーを決め、自分が飲みたいものを告げた。青年の脈打つ鼓動が、空気を通じて伝わってくるようだ。

それには敢《あ》えて気づかないフリをして、里佳子はぼんやり窓の外を見ながら、細く長い指を組んだ。

最初に口を開いたのは彼だった。

「どうして、里佳子さんみたいな方が、相談所に入られたんですか?」

定番の質問の答えは、いつも同じだった。

「出会いが少ないからです。飲み会も誘ってもらえば行きますけど、だんだん減ってきましたし。剛史さんは?」

彼のことをそう呼んでみると、彼の目がパチリと大きく開いた。

「あ、職場には同性しかいないし、俺は女性と上手く話ができないタイプというか。実際に会うと、緊張して話せないんです。だから結婚相談所に入って——」

ちょうど店員が持って来たアイスコーヒーを、里佳子へ先に促した。仲人の手前とは打って変わって、自分がリードしながら会話を進めようとする努力が表れている。

「里佳子さんは、どうして俺と会うことを了承してくれたんですか？」

「誠実そうだと思ったんです」

剛史は、褒めてもらえたことが嬉しかったのか、目を細めて笑った。

「俺は、書類に添付された里佳子さんの写真を見て……」

「え？　顔ってこと？」

里佳子の声量が大きくなる。

「顔だけではないですよ！　こんなところ来なくても、十分モテると思うんですけど。だから、本当はダメ元でした。断られるだろうと思って、申し込んだんです」

「ダメ元だなんて」

「あのう、どういう人がタイプなんですか？　顔の好みとか、身長とか――」

「そりゃ男前で、背が高かったら嬉しいですよ。ただ、それだけで決めるわけじゃないし」

里佳子は話しながら、ストローに触れた。剛史も同じように、氷をカラカラとかき混ぜる。

「あの、さっきから思ってたんだけど、全然飲んでないよね？」

「あ、実は……コーヒー飲めないんです。先輩に、デートする時は、同じ物を頼めって言われて。でも、先に俺に何にしますか？　って聞くから、つい……」

里佳子は、声を上げて笑った。

「職場では仕方なく、コーヒー飲むこともあるんですよ。貯糧品の中でもジュースの方が先になくなっちゃうんで」

「貯糧品？」

「船に積み込む食料とかのことです」

「そっか、船の上でご飯食べるんだ」

「正確には、船の中って感じですね」

「船の中？」

「はい！　俺、潜水艦に乗ってるんですよ」

里佳子は目を丸くして彼を見る。これほどまでに、予備知識がない業種は初めてだった。

「さっき、船に乗ってる、って言ってたじゃない？」

「ふねってこっちの艦《ふね》ですよ」

剛史は、脇に置かれた店のアンケート用紙の裏に、鉛筆で「艦」と書いた。紙を掲げて里佳子に見せると、丁寧な文字だった。

「護衛艦もありますけど、唯一女性が乗船できないのが潜水艦なんです」

「へえ、知らなかった。だんだん、海上自衛官に見えてきたよ」

クスッと笑う里佳子の顔を見て、恥ずかしくなったのか、コーヒーを飲み干すと、あまりの苦さに驚いたのか、顔が引きつっていた。

少し話が弾んだとはいえ、今日会ったばかりだ。話が途切れた時の間は、少し居心地が悪い。その空気を察してか、剛史は必死に会話を続けようとする。

「里佳子さんは、ドイツ語も話せるんですね。住む世界がまるで違うみたいだ」

「私もそう思う。潜水艦に乗ってる人なんて初めて出会った」

　里佳子がアイスコーヒーに視線を落とすと、剛史は怪訝そうな表情で「あのう」と言いにくそうに里佳子に尋ねた。

「さっきの『えっ？』って、どうしたんですか？」

「あ、ごめんなさい。高校卒業してから、入隊したのかなって思って」

「そうです。潜水艦って、ちょっと特殊で。誰でも乗れるわけじゃなくて、適性検査を受けるんです。その中で、適性がある者だけが、二年間の潜水艦教育訓練隊に進むんです。専門学校みたいなもんなんですけど」

「選ばれし者ってこと？」

「はい。サブマリナーです」

　潜水艦はサブマリン、潜水艦乗りはサブマリナーと呼ばれるそうだ。

「ああ、なるほど」

「最初はただ、潜水艦に乗船する適性があったから、給料も上がるしラッキー、って感じにしか思わなかったんですけど。乗りたくても乗れない人もたくさんいるし、そう思ったら、ちょっとだけ誇りに思えるかなあ、って」

　剛史ははにかみながら、鼻の頭を撫《な》でた。

「ふうん。潜水艦ってさ、どれくらい深く潜るの？」

彼は手を止め、申し訳なさそうな顔をした。

「それは、答えられないんです、国家機密なので。でも、乗ってる俺たちも、実は詳しくは知らないんですよね。どの辺りの海域に行くのかはわかりますけど、広い海の中でピンポイントでどこにいるのか、どれぐらい深いかなんて、艦長や一部の幹部だけしか知りません」

「そうなんだ。じゃあ、実際の艦の中での仕事は？」

「俺の仕事は、海の中の音を聞き分ける仕事なんです。ソーナーって言う、音波を使って情報を探知するんですよ。人間の指紋と同じように音紋というのがあって、音が全部違うんです。潜水艦の音にしても、スクリューは何枚あるのか、どこの国の艦なのか、それから――」

自分の仕事になると、剛史は饒舌《じょうぜつ》になり、いきいきと話をし始めた。里佳子にしばらく見つめられていることに気づくと、彼は耳まで真っ赤になった。

「つい、すみません……。話題に困って、つまんないこと話しちゃって……」

剛史が無意識に腕時計を見ると、五時半を少し回っていた。

「もうこんな時間か。もし良かったら、この後、食事にでも行きませんか？　少し早いですが、電車の時間もあるかと思うので」

そう言うと、彼は鞄《かばん》を引き寄せた。

「まだ五時だよ。お住まいは神戸から遠いの？」

「神戸は一時的にいただけで、今は呉に住んでいます」

「呉⁉　呉って広島？」

里佳子の声が大きくなる。

「広島は……ダメですか？」

「ダメ、って言うか、プロフィールには、神戸在住って書いてなかった？」

「昨年までは……そうでした。三年に一度、神戸港でドックを受けるんです。その時は半年ぐらい神戸にいることになるんで……すみません。更新してませんでした」

彼は机に両手をつき、頭を下げた。

「広島に住んでるのに、なんで私との見合いを申し込んだの？」

「距離は問題じゃないですよ。だって二時間ですし」

彼は里佳子を直視し、硬い表情で言ってのけた。

「その、言ってることはわかるけど、ただ――」

「新幹線で二時間です。呉と横須賀の遠距離の末に、ゴールインした先輩もいるんです。そう思えば――」

「ゴールインって、いわゆる結婚ってこと？」

「はい。しかも、神戸と呉ならば、遠距離じゃなくて中距離ですから」

剛史は生き返ったように、自信たっぷりに答えた。

里佳子がジャケットを羽織ろうとするあいだに、剛史は潔く伝票を取り上げた。

「あ！　ちょっと、伝票！」

里佳子は、年下にご馳走になるのは、どうにも気が引けた。


スマホで店を検索するも、一向に食事する店が決まらなかった。三宮の花時計を通り過ぎ路地に入ると、ライトで照らされたお洒落な看板が目にとまった。複雑な路地裏に佇《たたず》むこの店に、里佳子が決めた。

店に入り、席に案内されると、剛史は立てられたメニューを開いた。

「じゃあ、俺はビールで」

「私、サングリアにする」

「とりあえずビール、じゃないんですか？」

「うん、今日は仕事じゃないし」

わかりました、と言うと店員を呼び、オーダーした。ある程度食事が胃の中へ落ちると、最初よりも彼は饒舌になった。潜水艦が潜航、浮上する仕組みだとか、汗臭そうな雰囲気が漂う自衛官とは思えないほど、インテリジェントな話題だった。だが、ビールジョッキには水滴がついたままで、大して減っていない。

「ねえ。自衛隊って、転勤とかあるの？」

「ありますよ。呉と横須賀の二ケ所です。ひとつ前の艦は横須賀でした。本来、東の人間はあまり呉に配属されないんですけど、補填要員で異動になったんです」

「潜水艦ってさ、密閉されてるわけでしょ？　怖くないの？」

「怖くないですよ。怖いと思いますか？」

「怖いよ！　出たくても出られないでしょ？　飛行機の方がましじゃない？」

密閉された容器に押し込まれ、真っ暗な深海へ潜っていく。里佳子は考えただけでぞっとし、軽く身震いをした。

「俺、高所恐怖症なんですよ。だから、飛行機乗ったことなくて」

飛行機に乗れないのに、潜水艦は平気だとはおかしな話だ、と里佳子は笑った。

「だって、空飛んでたら、落ちるかもしれないじゃないですか。そもそも潜水艦っていうのは――」

彼の独演会が再開する前に、里佳子が会話を遮った。

「飛行機乗ったことないって、日本から出たことないの？」

「仕事でハワイに行ったことはありますよ。艦でパールハーバーまで行ったから、三週間もかかりましたけど」

「なんか住む世界が違いすぎて、私、物語の世界にいるみたい。艦に乗るのが仕事なんだから、出港するのは当然と言えば当然だけど、なんか不思議」

里佳子は頬杖《ほおづえ》をつき、首を傾げた。

「さっきの、ソーナーだっけ？　仕事の話してる時、すごく目がキラキラしてたよ」

「俺がですか!?」

里佳子は笑みを浮かべ、羨ましそうに頷いた。

「うん。私、今の会社に入社を決めたのって、単純に福利厚生が良かったからなの。だから別に——」

「俺もそんなもんですよ！　食いっぱぐれないかな、って思っただけで……」

剛史は、耳まで赤くなった。

「でもさ、今の仕事にちゃんとやりがいを見い出してるじゃない？」

「そんな、大袈裟な！　俺はただ——」

「羨ましいな、って思ったの」

里佳子は遠くを見つめ、呟いた。

「え……？」

「入社して何年もたつけど、ただ仕事をこなすことで必死だった。余裕なんてなかったもの。だから仕事に対して、そんな風にイキイキしてる姿って、素敵だと思う」

「あ……」

剛史は唇を半開きにしたまま、里佳子を見つめた。その姿に、里佳子がクスっと笑い、
剛史は、ハッと我に返った。

「あ、あの、そうですね——近々、海の底に潜るかもしれません」

「いつ？」

「それは——」

「あ、ごめん。それは機密になるんだね」

里佳子はサングリアに目を落とし、クイッと飲み干した。

「俺、嫌われそうですね」

剛史は、まるで尻尾を垂らした子犬のようだ。

「なんで？」

「言えない、ってばっかり言ってるんで」

剛史は肩を落としていた。そういう「仕事」なんだから仕方ない、と里佳子は冷静に考えていた。

ただ、国防という、いざという時にお国に命を捧《ささ》げる仕事を持つ彼を、結婚相手として考えていいのだろうかということが、里佳子の中で少し引っかかっている。

お互いに連絡先を交換し、足早に店を出た。

「俺、駅まで送ります」

「新幹線乗らないといけないんでしょ？　もう、ここでいいよ」

これから剛史は広島まで帰らなければならないことを思うと、里佳子は申しわけなくなった。

「いえ、そういうわけには行かないんで」

「それも、先輩に教えられたの？」

言わずとも、黙る剛史の顔にそう書いてあった。

「あ、いや……、その……」

「今日はもう、ここでいいよ」

「次はちゃんと送ります。では、失礼致します」

剛史はかしこまって丁寧なお辞儀をして、駅の方に素早く消えていった。

不器用ではあるが、彼なりに誠意をもって接してくれる。イケメンとまで言わなくても、背は高く整った顔立ちをしている。そして、一風変わった彼の職業の魅力に、里佳子は引き込まれていた。


里佳子は普段よりも早く家に着いた。ソファに座り、ホットミルクを飲んでひと息つくと、何もやる気が起こらなくなった。

無気力のまま、鞄の中から彼の釣書を引っ張り出せば、会社の資料とは扱いが全く違い、皺だらけになっている。

潜水艦という、得体の知れない乗り物が職場で、なおかつ遠距離だ。

結婚相手には、自分が窮地に陥った時は支えて欲しいし、頼りになる人がいい。その判断基準が、学歴と年収だと思っていた。そんな物差しが純粋ではないことも、里佳子は理解していたけれど。

今まで相手に妥協できなかったから、三十過ぎまで結婚しなかったのだ。誰でも良ければ、とっくの昔に結婚しているだろう。

釣書の二枚目をめくった時、給与の額に目がいった。二十七歳にして、六百万近く稼いでいる。里佳子の方が稼ぎはいいが、彼も自衛官を務めながら、年令を考えれば十分な稼ぎがある。

竹上電工は誰もが簡単に入社できる企業ではない。毎年、万人が竹上電工の入社試験を受け、ごく限られた人間だけが採用される、里佳子の同期も百名に満たないほどだった。女性に関しては全体の約二割ほどだ。

自衛官は、防衛大卒のエリートと、そうでない者だけに分類されるのだと思っていた。それは、里佳子の周りに自衛官はおらず、自衛隊という世界を知らなかっただけだ。無知だったから、相手を敬うことができず、相手の良さに気づけなかったのだった。

里佳子は就職率や、初任給がいいから大学へ行っただけで、真摯に学ぶ姿勢からというより、再び海外で生活することに憧れてドイツの大学へ進学した。竹上電工にだって大手ということと、ドイツ転勤があるかも……ぐらいの気持ちで入社した。

大学に進学しなくても、自衛官としてそれなりに給料をもらっていることを考えると、彼の仕事を認められる気がする。誰もが潜水艦に乗れない理屈が、なんとなくわかった気がした。

里佳子は条件に執着する自分が馬鹿げているように思え、気分を変えてさっさとシャワーを浴びて寝ることにした。

＊

里佳子に会った夜、剛史はほとんど眠れなかった。翌日、基地まで歩く途中で、メールに添付されたプロフィール写真を何度も開いた。

知的で洗練されたお姉さん。

自分とは違い、明るい人。

見合いの当日のことを思い出すと、日報を書く手が時折止まる。緊張のあまり、心臓がドクドクと音を立てて打った。いい香りがして、余裕な雰囲気に魅了され、初めて見た世界の中で、剛史さん、と呼ぶ優しい声色がリピートしていた。

「陣！　何ボーッとしとるん」

先輩の田所が、わざと強い口調で名前を呼んだ。

「受け取ったらさっさと座らんか。俺たち腹ペコやけん。日報書いてた時も、ボケーっとしとった。じーっと見よったら、今度は日報に顔うずめとるし――」

昼食をトレーに置き、艦の食堂にある六人掛けのテーブルに腰かけた。

田所の呼ぶ声で、剛史は一気に現実へと引き戻された。剛史は、一番先に食堂のテーブルにつくも、箸が進まない。

剛史が早々に見合いの相手に熱を上げていることを、向かい合って席についた田所は直感的に感じ取っていた。

「陣、昨日のお見合いの女、どうやったんよ？」

剛史は田所に、はい、とだけ返事をした。

「わざわざ金かけて、神戸まで行ったんじゃろ？」

同僚の大川がトレーを持ち、座り込んだ。他の乗組員も連れ立って、席についた。六人がギリギリに座れるスペースしかなく、片手を椅子についたまま、食事を摂る。

「どんな人？　美人？　スタイル良かった？」

田所の横に座った大川もまた、話に興味津々だった。潜水艦にはＤＶＤが持ち込めるわけもなく、リアルタイムでテレビ番組が見られるわけでもない。大した娯楽もなく極端に狭苦しい潜水艦の中で、女の話をしようものなら、格好の餌になるのだった。

「洗練された大人の女性、って感じでした」

その言葉を聞き、田所が続けて尋ねる。

「見合い自体は、どげんやったとか？」

「仲人みたいな人が進めてくれて、そのあとはふたりでお茶しながら、お互いのことを話したりして、食事に行きました」

「ふーん、いい感じじゃったみたいやね」

「それから？　もったいぶらずにさっさと言いんさい」

自分からさっさと話さない剛史の態度に、大川がやきもきしている。

「ええ？　ドイツ育ちで、なんか住む世界が全然違うって言うか。まあ……俺たちは所詮、公務員だから」

「お前、引け目感じてんの？　俺らだって選ばれし者じゃろ？」

「里佳子さんはたぶん、そういうの知らないと思う」

「里佳子さん！」

田所と大川の声が重なった。

「そもそも、なんでそんな人が、相談所なんて行くん？　もっと他にいい男がおるんじゃないか、とか言いながら、結婚しなかったタイプか？　高飛車じゃないん？」

「おい、陣？　聞いとる？」

田所の声に、剛史はハッとした。先輩の言葉も上の空で、初めて里佳子と会った時の会話が、頭から離れない。

「お前はクソ真面目な上に、恋愛経験値低いけんね」

田所も大川も、何年か前に結婚し、既に子供もいるが、円満な家庭生活は送っていない。

「次は、いつ会うんよ？」

大川が剛史に詰め寄った。

「次って、まだ、昨日会ったばっかりだし」

田所と大川が大きく息を吸い、ダメだと言わんばかりに天を仰ぎ、ため息をついた。

「陣は、気に入ったんじゃないん？　お前、高い金払って結婚相談所入って、何ヶ月たつんよ！　今年のクリスマスもまた当直になっても、文句は言えんけんな！」

剛史は黙って頷きながら、箸を進めた。

「標的を確認したってことじゃろ？　里佳子さんインサイト《標的確認》！　距離三百キロ！　三時の方向！」

「おい、大川！　勘弁しろよ……！」

周りからドッと笑い声が聞こえ、剛史は耳まで真っ赤になった。

「とりあえず、デート誘え」

田所と大川が声を揃《そろ》え、ギロリと視線を送った。

「お前な、サブマリナーの恋愛難易度、わかっとるん？　貯糧品もようけ積んだし、来週も出港するんよ？」

「大川の言うとおり。鉄は熱いうちに打たんと」

「熱意がないと、俺たちの恋愛は、絶対成就せんの。そうですよね？」

田所が深く頷いた。

「相手だって、都合ってもんがあるんじゃけ、さっさと電話しんさい」

大川の言葉に、田所が続ける。

「陣が本気なら、とにかく口説き落とせ」

「口説くって……」

煮え切らない剛史の態度に、つい、田所の口調も強くなる。

「昼休みの間に艦を下りて、メッセージでも送るか、仕事終わったら、すぐ連絡せんと」

「民間の人ですよ。そんな早く仕事終われな――」

つべこべうるさい、と田所が剛史の後頭部を小突いた。

「恋愛なんかな、どっちかの気持ちが冷めたら、その時点で終わるんよ。逆に夫婦は簡単に終われん」

同期の大川に、恋愛について先輩面されるのはつまらないが、言っていることは、概《おおむ》ね正論だと思った。

剛史は会話の切れ目を見計らい、そっと食べ終わった食器を片付けた。

＊

同じ日、里佳子は、橘と矢崎、大河内を含めた四人でランチミーティングをして、店を出る時にスマホを確認すると、剛史からメッセージが来ていたことに気がついた。

――昨日はありがとうございました！　今週の土曜会えますか？

生憎《あいにく》、その日は友人の貴絵《きえ》と、会う約束をしている。断りの返事を文面にする暇がなく、いったん下書きフォルダにしまいこんだ。

終業のチャイムが鳴り、決算スケジュールをスマホに入力しようと画面を見ると、剛史からの不在着信が二件、表示されていた。

里佳子の会社では休み明けは仕事が山積している。月曜の今日、彼は仕事に支障が出ないのか、里佳子は不思議だった。

手元で止まっている稟議《りんぎ》書に、次々と目を通し、橘のデスクの上にあるボックスへと入れた。それからも次々と仕事に追われているうちに退社時間はとっくに過ぎ、時計はまもなく十時になるところだった。木下は、管理職ミーティングから戻らず、まだ会議室は使用されている。橘も、やけに時計を見る回数が多かった。

「橘さん、今日の管理職ミーティング長いですね。もう八時になるのに」

矢崎が資料を片手に、橘に話しかけた。

「次の決算はまだ持ちこたえるかもしれないが、状況は決して良くないな。俺は今日は、先に帰るわ」

橘の目は真っ赤に充血しており、里佳子も矢崎も反対することはなかった。鞄を持ってフロアを出る橘を見送ると、またスマホが震える。画面を見ると、剛史からメールが来ていた。

——明日当直で連絡できないんです。今夜少し話せますか？

里佳子はしばし席を離れ、階段の踊り場から剛史に電話をかけた。

「……もしもし」

剛史の声は鼻にかかっていて、寝起きのように聞こえた。

「昨日は、ご馳走になって、どうもありがとう。寝てるところ起こしちゃった？　ごめんね」

「いえ、艦の中にいると、出港していなくてもスマホ預けないといけなくて……。だから、明日は当直だし、連絡できないんですよ。いつも仕事終わるの、こんなに遅いんですか？」

「まだ、会社にいるの。時期にもよるけど、遅くなることはよくあるよ。明日、当直だって？　夜勤ってこと？」

「あ、はい。平日、休日に関わらず五日に一回あるんですよ。艦に残って寝ずの番、みたいなものです。あの、昼間にメール送ったんですけど、読んでいただけましたか？」

　里佳子は手を止め、顔を上げた。

「あ！　返事してなかったよね！　ごめん！」

「いえ、来週からしばらく連絡できないので、里佳子さんの都合が良かったら次の土日、どちらか会えませんか？」

「十一月はまだ業務は穏やかなんだけど、翌週じゃだめかな？　出港するってことよね？」

「それは……」

「ああ、ごめん、言えないんだったね」

　隠密性の高い職業ということを、仕事の忙しさにより里佳子は忘れがちだった。

　わざわざ広島から来てくれるわけだから、その気がないなら断るべきだが、里佳子もまだそこまでは決めかねている。

「簡単に言うけど、広島から来るって――」

「距離が問題なんですか？」

「そうでしょ？　新幹線で行ったり来たりって、お金もかかることだし」

ああ、なんだ、とスマホから剛史の明るい声がした。

「だから、俺が神戸まで行きますよ。里佳子さんは払わなくていい」

いや、そういう意味じゃなくって、と付け加えた。

「連絡が取れなくなる男は、嫌ですか？　出港したら、電波を発する機器は全て没収されて、一切電源も入れられないし」

「連絡取れる状況にいるのに、連絡しない人の方が私は嫌だけど」

取り繕って言ってるわけではない。昔付き合った男たちと比べると、剛史の方が遥《はる》かに誠実で、マメだと気づいていたからだ。

「大人なんですね」

そう言われても、貴絵と会う予定もあったので、次のデートの約束はできなかった。

翌日、艦で当直の剛志は、連絡できる術がなく、電話もメッセージも来なかった。代わりに自宅でくつろぐ里佳子のスマホには、貴絵からの着信が表示された。里佳子のテンションは、一気に急騰する。

「おっつかれー」

「今、社内の飲み会で、ちょっと抜け出して来たんだけど、ニューヨーク帰りの債権ディーラーがいてさ！　支店と違って、別格だわ！　仕事ができる人っていうか、お店も話題のチョイスももう完璧！　それでさあ、土曜なんだけど、今日のメンバーでゴルフ行くことになったの」

貴絵の声のトーンが、グッと下がった。

「気にしないでよ。貴絵とはいつでも会えるんだから」

貴絵とは気心が知れているので気持ちはわかる。だからふたつ返事で了承した。

「ありがとー！　そういえばさ、里佳子、こないだの見合い、どうだったの？」

「あの人ね。海上自衛官だった」

次に貴絵の口から飛び出てくる言葉は、だいたい想像がついた。

「え、自衛官？　その人、防衛大卒？」

里佳子は小さな声で否定する。

「え!?　両親に代わって反対するわよ。良い感じ、とか言わないでよ？」

貴絵の言葉に表裏はないし、筋が通ったことをオブラートに包まずズバリと言う。だからこそ、彼女独特の声の張りやトーンで言われると、ぐうの音も出ない。

「逞《たくま》しい、とは思うけど」

「そりゃ筋トレしてんだから！　天下の竹上電工が自衛官？　そんな男、脳みそも筋肉かもしれないよ？」

「筋肉ってさ、どっちかと言えば、陸上自衛隊じゃないの？」

「陸だって、海だって、どっちでもいいじゃない！　その海上自衛官、何してる人なの？」

里佳子は、潜水艦に乗っていることを伝えた。

「ああ、家族にもいつ、どこへ、どれくらい留守にするか言えないんでしょ。本当に潜水艦勤務なの？　都合悪いことを、言えない、って言ってるだけじゃないの？　最近、結婚詐欺みたいなの、多いじゃない？　男の言うことなんか、信用しちゃダメよ」

　たしかに本当に彼が潜水艦乗りかどうかは、確かめようがない。さすがは貴絵だった。

「結婚はね、条件よ。そんなことわかってると思うけど、それより里佳子あのね。今月の手数料二百万足りないんだけど、誰か株買いたい人、周りにいない？」

　証券会社に勤務し、支店でナンバー1の成績である貴絵にとって、里佳子の今回の相手のことなんてどうでもいいのだろう。その程度の男と言われ、少し苛立ちを覚えた。

　電話越しに、貴絵の笑い声が響いている。自衛官の剛史は、きらびやかな貴絵がいるステージの男性とは、かなりかけ離れていると里佳子は思った。週末に食事に誘われていることは、なんとなく言い出せなかった。

*

　艦での昼食の時間になると、大川は決まって剛史の恋の進捗度を嗅ぎまわる。大川は、わざわざ剛史と同じ席にトレーを運び、横の席にべったりと座った。

「なんだよ、鬱陶しいな」

　あまりにも身を乗り出してくるので、先に席についていた肥満丸出しの後輩の小山に、剛史の体がぴたりと、くっついてしまう。

「あれからどうなったん？　写真も見せてくれんし」

里佳子の写真を見せたりなどして、いろいろ批評されるのは嫌だった。

「船乗りは、すぐに音信不通になるけんね。上陸してる時にしか連絡できんけん、とにかく尽くせ」

田所が、顎を突き出して言った。

大川もまた、ニヒルな笑顔を浮かべた。同い年で既に結婚している田所と大川は、恋愛経験のない剛史を見くびることがある。剛史はそんな彼らの態度が鼻につく。

小山も黙って、田所と大川の話を聞いていた。

「マメなやつは恋愛を制する、ということたい。次会う時は、プレゼント買って持って行け」

田所が剛史にアドバイスをした。

「いきなりプレゼントですか？」

「長期出港あるの、忘れとんか？　本気をわかってもらうために、プレゼントくらい買って行かんと」

田所の言葉に剛史は黙って頷いているが、どうも腑《ふ》に落ちない態度だ。すると、恋愛経験上の先輩面をした大川が話し始めた。

「女ってのはな、光るものが好きなん。わかる？　キラキラしたものが好きなんよ。しかも、里佳子さんって外国育ちなんじゃろ？　外国人って情熱的なんじゃけ」

「大川の言うとおり」

大川の意見に同意する田所の言葉に、なおさら、剛史は自信がなくなってきた。

「情熱的なあ……」

当直明けにしては遅い時間に、剛史は艦をあとにすると、家に帰り、眠りこけてしまった。ソーナー室のモニターが不調で、埃まみれになりながら、配線ケーブルを接続する羽目になった。通常なら、夜が明ければ家に帰れるのに、昼過ぎまで仕事に忙殺された。いつもの何倍も疲れた気がする。

里佳子が送ってくれたメッセージには、何時間も気がつかず、時計は二十三時を過ぎていた。

――今、仕事終わったんだけど、もう寝ちゃったかな？

二十三時半頃剛史は慌てて布団から飛び起き、すぐにメッセージを作成した。肉食獣丸出しのかっこ悪いメッセージにならないように、と考えていると、時間ばかりたってしまう。

里佳子がソファで食後のコーヒーを飲んでいると、サイドテーブルに置かれたスマホが鳴った。剛史は大川の言葉を思い出し、電話をかけたのだった。

「もしもし、里佳子さん？　今起きたんですけど、どうかしたんですか？」

「うん。あのさ、本当に、潜水艦乗りなの？」

くなる。


「え？　俺のこと、疑ってるんですか？」

田所や大川に恋愛下手だと囃《はや》し立てられたのを思い出し、里佳子への口調がつい、きつ

「うん。言えないことばっかりだから、都合の悪いことは、はぐらかしてるのかな、って」

里佳子は、周りくどい言い方は一切しない。

「答えられないことは、答えられないって言いますけど、嘘《うそ》はついてませんよ。だって、あの結婚相談所は、就業証明書を提出しないと、入会できないんですよ？　里佳子さんだって、提出したんじゃないですか？」

「私、国家公務員、自衛隊員としか聞いてないから……」

「今度会う時に身分証見せます。必ず。そしたら信じてもらえますか？」

一度会えば、所作や言動で、自分の真面目さをわかってもらえる自信が剛史にはあったのに、そこを敢えて無視されたようで悔しい。だからと言って、職務上、特定できる情報を堂々とは明かせないからなおさらだ。

自衛官のルールは、里佳子には通用しなかった。お互い言えないことはたくさんあるだろう。ただ、どこかで剛史は「言えない」という言葉を逃げ道にしているように里佳子は思えた。言ってはいけないことをいいことに。

匍《ほ》匐《ふく》前進

明日のサタデーナイトは、剛史と会うことになった。貴絵に散々なことを言われたが、命をかけて職務に挑む剛史の姿勢は、里佳子が持ちあわせていない心構えだ。そんな自分の知らない世界を見せてくれる彼に、里佳子は妙に惹かれ始めていた。

しかし剛史は、デートにおける全ての決定権を、里佳子に委ねたのである。

どこで待ち合わせますか？

何時にしますか？

何食べますか？

前回のように、なかなか店が決まらないようなことがあると、お互いバツが悪い。

里佳子は、行き当たりばったりの、なし崩しのデートになるのを避けようと、仕事の合間に店を選び予約を入れた。突如、振動したスマホを見ると、予想どおり剛史からメッセージが来ていた。

——明日楽しみにしています。今日はまだ仕事ですか？　あんまり、無理しないでくださいね。

仕事の合間に自分を気遣うメッセージが来ると、里佳子の口元も思わず綻ぶ。

待ち合わせ場所、時間、予約したお店の地図を送り、「今日も残業、また明日」と簡単にメッセージを送った。

「なんで、私がデートプラン組むんだろ」

そう言いながらも、里佳子はさほど嫌な気持ちではなかった。時計を振り返り、再びデスクへと向かう。

男だからリードはして欲しいと思うものの、主導権をくれる年下の剛史は、不器用で手がかかるが、里佳子にとってはそれもまた新鮮だったのだ。


週明けには年末に向けての経営戦略会議が予定されている。

時計は八時半を回っているのに、木下や橘は幹部会議に出席したきり、今日は一度も戻ってこなかった。

「遅いっすね。四時間も缶詰って、長すぎじゃないっすか？」

矢崎の言葉に、里佳子は立ち上がりミーティングの予定表を見ると、『会議十六時～』と、書かれていた。

矢崎は自分のデスクへ戻り、軽やかにキーボードを叩き始めた。矢崎の態度とは逆に、連日更新される営業成績の悪さに、財務経理部自体のスタミナが切れかかり、あちこちらからため息が聞こえてくる。

「ねえ、矢崎、この会社に入って良かった？」

「え？　今まさに会社の経営が、瀬戸際だからですか!?」

「ううん、単純に。入社して良かった？」

「そうすね。家にも竹上のロゴが入った製品がたくさんあったし、その会社に入社が決まった時は、やっぱり嬉しかったですよ。俺の同級生もほとんど落ちましたから。里佳子先輩は？」

「私は、内定もらった時は、軽い気持ちだったの。ただ、日本の会社に入りたい、って思ってたから」

　里佳子は帰国子女枠で入社した。同じ大学の学生に竹上電工を受けた者はいなかったし、就職に対する相談やアドバイスをくれる者はいなかった。ひとりでコツコツとエントリーシートを書き、面接を受けた。

　そして、なんとなく竹上電工に決まったのだ。入社後の研修で、同期という存在ができたが、彼らはついに竹上電工に入社できる、という意欲に満ちた者が多く、里佳子とのあいだには温度差があった。

　日本のビジネスマンは、普段はきちっとスーツを着て、真面目で会社のために夜遅くまで残業をするのに、金曜の夜になると街中に繰り出し、へべれけに酔っぱらってクダを巻く。そんな同期を、里佳子は昔からどこか冷めた目で見ていたのだ。

　同期と馴染めず悶々としていると、里佳子は財務経理部に配属が決まった。そこでは、日本の会社における悪しき習慣を強要することもなく、木下と橘は、里佳子の配属を心から歓迎してくれた。里佳子にとって、部のメンバーはいい影響を与えてくれるキャスティングだった。

「私、木下部長と橘さんがいるこの部署に来れたから、今は竹上に入って良かったたって思う。配属された当初は、業務について、ちんぷんかんぷんだったのよ。でも、私が理解できるまで、納得するまで、粘り強く教えてくれたの」

里佳子は昔を懐かしむように、話を続けた。

「だから、ここまで続けられたんだと思う。この会社も長く続けばいいんだけど……」

「一寸先は闇、これからどうなるんでしょうね」

ふたりは同時にため息をつくと、再び時計を見上げたのだった。


翌日、里佳子がセッティングした待ち合わせは、三宮センター街にあるジュンク堂書店だった。

剛史に会うついでに、通勤時に読むための書籍を購入するつもりだった。

里佳子は、予定時刻の三十分前の五時半に待ち合わせ場所に到着し、店の中を見回る。広い店内のあちこちに魅力的なPOPが飾られ、どの本にも興味がそそられた。書店員が書いた手書きのあらすじから目ぼしい書籍を何冊か選び、左手に携えた。

週刊誌の売り場に行くと、「竹上電工、中国製白物家電で下手打ち倒産か」と、表紙に大きく書かれている。的を射たタイトルの並ぶ雑誌を開くと、あながち否定できない記事の内容にイライラが募る。無意識に、口をついてため息が出た。

レジでビジネス書を数冊購入すると、待ち合わせの時間が迫っていた。出口の方へ向かうと、剛史がスマホをいじっているのが目にとまった。今日はポロシャツにチノパン、足元は革靴だった。

私服だと、より一層若く見える。里佳子も、ジーンズにストライプの開襟シャツという、前回よりもくだけた装いで向かった。剛史は里佳子に気づくと、愛想笑いをするわけでもなく、ぺこりと頭を下げた。

「あ、どうも」

里佳子はいつもどおりに、ニコッと笑うが、剛史の方は表情がなく、間の悪い、沈黙が流れた。

「お店、行きましょうか」

里佳子がそう言うと、仏頂面がコクコクと数回頷いた。来週は忙しいので、今週にして欲しいと言われ、剛史の要望どおりにことが運んだのに、まるで素っ気ない彼の態度には、店の予約までしてやって来たことが少し悔やまれる。

三ノ宮の商店街を抜け、里佳子がチョイスした和食をベースにした創作料理のお店に着くと、足元にモダンな間接照明をあしらった通路があり、石畳が点々と入口までエスコートしてくれる。落ち着いた照明の店内の壁沿いには、きれいな熱帯魚が泳ぐ水槽が設置されていた。

案内されたのは、壁一面のガラス張りから、中庭に臨んだ席だったが、意外にも、横並びソファのカップルシートだった。

「カップルシートは、オーダーしてないんだけど……」

剛史は里佳子の言葉が聞こえていないのか、目の前に広がる熱帯魚の水槽に興味を惹かれ、カップルシートのことなど別に構わないようだった。

「飲み物、何にしますか？」

「前と同じのにしようかな」

「サングリアですか？　じゃあ、俺も」

「そしたら、デキャンタにしようか」

店員にニコッと微笑み、飲み物のオーダーを終えたあと、剛史が尋ねた。

「それって、ジュースじゃないんですか？」

「それは、サンガリアだから。いつも、私、ジュース頼んでいると思ってたの？」

「あっ、いえ……」

剛史の恥ずかしそうな表情を見て、フッと里佳子が鼻で笑うと、剛史の緊張の糸がほぐれたようだった。

里佳子は生魚や生卵など、生の物が苦手だ。メニューを決める時、「刺身が食べたい」と言われた時は、そもそもの彼との相性さえ疑った。そんなことを知らない剛史は、里佳子に尋ねることもなく、次々にオーダーしていく。

「今日も新幹線で来たの？　お金かかるよね？」

「出港したら、お金使う所ないですし。通帳の残高がただ増えていくのを見るだけなんか、虚《むな》しいじゃないですか」

バスならともかく、そこまでお金をかける行動には、意気込みを感じるが、今まさに目の前にいる彼の表情は、どうも朴念仁に見えて仕方ないのだ。

「里佳子さんも、仕事大変ですか？　クールに、何でもできそうですけど」

仕事は決して嫌いではないが、その逃げ道として、結婚を追い求めている自分がいるのも事実だった。

「仕事でドイツ語使うことって、あるんですか？」

「ないよ。財務経理部だから、ドイツとは無縁の部署なの」

里佳子にとっては、あまり聞かれたくない内容だったが、その時ちょうどいいタイミングで飲み物が運ばれてきた。

「じゃあ、乾杯しよっか」

グラスと氷がカランとぶつかると、心地いい音がする。

「ん、美味しい」

どうやら剛史は、初めて飲むサングリアを気に入ったようだ。里佳子は「でしょ？」と言わんばかりのドヤ顔をしている。剛史は里佳子に話を振り、テキパキと小皿に、サラダと鮮魚のカルパッチョを分けていった。

「ドイツって、どんな所だったんですか？」

　里佳子は、学生時代を振り返った。奨学金をもらっていたため、バイトやデートに明け暮れるような暇はなかった。休日は、慈善活動や、教会へ行き、模範的な大学生活を送った。学業に最も情熱を注いだ、尊い時間だったかもしれない。

「俺の同級生も半分くらいは大学に進学したけど、バイトしたり、コンパで彼女作って。自衛隊に入隊して女っ気のない生活を送っている自分とはまるで違っていて、やつらが本当に羨ましかったなあ」

　彼もまた過酷な波に揉《も》まれたのだと思えば、横顔が少し大人びて見えるような気がする。

「あ、そうだ。これ、忘れないうちに――」

　そう言うと剛史は、財布の中からＩＤカードのようなものを取り出した。写真の中の剛史は黒い制服を着用し、異様なまでに表情が強張っている。三等海曹《かいそう》、陣野剛史と書かれたカードと本物の顔を、何度も見比べ、里佳子はニヤニヤした。

「へえ……、かっこいいね」

「あんまり、見ないでくださいよ……」

「三等海曹って、役職みたいなもの？」

「はい。海曹までは兵ですね。海士までは任期制で、クビになることもあるし」

「海士ってのは契約社員で、海曹は正社員って感じね。ヒラ社員か」

「え!?　ヒラ社員は嫌ですか？」

「うん、嫌」

冗談半分、本気半分で言い、里佳子はクスッと笑った。里佳子でさえも肩書は主任だし、ヒラ社員に変わりはない。むしろ、里佳子ぐらいの年齢ならば、たいていがヒラ社員だ。でも、男性には肩書きを求めてしまう気持ちもある。

「あの、幹部になるのは、三十五歳ぐらいがいいかな、って考えてるんです。階級目当てに、二十代で幹部になるやつもいますけど。拘束時間が長くなるから、時給換算すると、給料安くなるんですよね」

幹部に昇進後、精神的に追い詰められて、職を辞す自衛官も多い。重圧に耐えられる自信も器量も、今の剛史にはなかった。

「でも、男に生まれたんだから、家族は自分の給料で養っていくつもりです」

サラリと言ってのけた剛史の顔を、里佳子はじっと見つめた。

「珍しいよね。共働きしてとか、竹上を辞めるのはもったいないとか、俺がイクメンする、って平気で言う人もいるよ」

「働きたいなら働いてくれたらいいと思います。でも、上陸した時に、仕事で会えないのは、正直言って寂しいです。里佳子さんは、仕事続けたいんですか？」

「仕事ねえ、上司がとてもいい人だから、ここまで続けられたって思う。でも、正直、働かなくていいなら辞めたいよ」

「里佳子さんの会社、残業多くてきつそうですね」

「潜水艦は残業ないの？　いつも何時に帰るの？」

「早い時だと、四時とか」

里佳子は剛史のグラスに注ぎかけていたデキャンタを、ガンッと机の上に置いた。

「夕方の⁉」

「はい。だから、働きたいって言うなら、俺が晩御飯作ったり、家事手伝いしたいんですけど、料理はあまり得意じゃなくて……」

気がつけばいつの間にかふたりのグラスは空になっており、剛史が店員の呼び出しボタンを押した。デキャンタを注文すると、机の上に置かれた自分のＩＤカードを、長財布へとしまった。

「こんなこと言うと引かれるかもしれませんが、潜水艦乗りで、まともな結婚生活送ってる人なんて、ほとんどいませんよ」

剛史は酔いが回ったのか、目がやや虚《うつ》ろになってきていた。

「ねえ、潜水艦乗りが女性に求めるものって何？」

「うーん、仕事を理解してくれること、ですね。特殊だから」

仕事の内容も、出港する日も、帰って来る日も秘密、艦に乗れば通信手段は取り上げられ音信不通。近頃はアメリカにいたって、毎日、テレビ電話ができる時代なのに。潜水艦乗りとは、遠距離恋愛にさえならないのだろうか。

「艦に乗るのは好きなんでしょ？」

「嫌いじゃないけど、必ずしも好きというわけじゃないですよ。出港して連絡取れないのも不満だし」

連絡できるものなら毎日したいから、と剛史は付け足した。

「じゃあ、二番目に女性に求めるものは？」

「自立してることかな。情緒不安定になる奥さん、結構多いし」

「じゃあ、最後。三番目は？」

うーんと、と言うと、剛史の口元が少し緩んだ。

「優しい……人かな」

これこそ、彼が一番女性に対して求めているものだろう、と里佳子は直感的に思った。

「私さあ、あんまり優しくないらしいよ」

「でも今日だって、結局は来てくれたじゃないですか。嬉しかったですけど」

「その割に、めんどくさそうに見えたけど？」

そう言って里佳子は、わざとテーブルに肘をついて、顎を乗せた。

「昨日、全然眠れなくって」

「あんな乗り物に乗ってるのに、神経質なところもあるんだね」

「だって、緊張するじゃないですか」

剛史は顎を引き、やや上目遣いに里佳子を見つめた。その時、里佳子は剛史が不器用な性格だったことを思い出した。決して里佳子のことを気に入ってないわけではないが、それをおもむろに表情に表したり、他人に悟られるのが、剛史はどうも好きではないらしいのだ。

　彼のまるで子犬のような瞳を見た時、段取りの悪さも、なかなか気分が上がらないのも、徐々に許せるようになった。

「サブマリナーって、世界一、わがままな仕事だと思います。突然出港して、黙って帰ってくるんですよ。いったん出港したら、誕生日におめでとうのひと言も、言ってあげられないし……」

　剛史は、自分の職業にプライドを持っているが、障壁になることも理解している。男としての自信がまだあまりない剛史は、自分の職業と現実の狭間《はざま》で揺れ動いているようだった。

「そっか」

　里佳子がメニューを取ろうと手を伸ばすと、剛史がもう一度尋ねた。

「さっきの話の続きですけど、里佳子さんは、どんな男性がいいんですか？」

「上昇志向がある人には、魅力を感じるかな」

　その言葉に剛史は慌てる。

「幹部にならない、って言ってるわけじゃないですよ。でももし幹部になれば、拘束時間が増えるし、連絡できる時間も、会える時間も少なくなって――」

「頼れる人ってのは、優れた人だと思う」

「頭のいい人ってことですか？」

「そう思うこともあった。ただね、優秀で切磋《せっさ》琢磨《たくま》している人って、息苦しくなっちゃうの。釣り合いたくて、自分を取り繕って窮屈になっちゃう。本当は、本人が好きなら、それでいいと思う。好きだから我慢できるし、許せるし。頭ではわかっていたり、でもわからなくなったり」

　里佳子は、手元のサングリアを飲み干し、ニコッと笑った。

「つまりは、イイ男なんだろうね」

「イイ男？」

　剛史は、大真面目に話を聞いている。

「自分に相応《ふさわ》しいのはどんな人か、それがわかってたら、もうとっくの昔に結婚してるよ。私、見る目ないんだって」

「サブマリナーでも、年下の男は頼りないですか？」

　年下として足りない部分は、職業でカバーできると、剛史は思っているのだろうか。それほどまでに潜水艦とは、彼にとって誇らしい「肩書き」なのかもしれない。

　酔いが回ったのか、里佳子も剛史も、ほんのり頬を赤くしていた。

「サブマリナーね。そう言えば、また来週も艦に乗るんでしょ？　ロマンがあっていい仕事ね。誰でも簡単になれるものじゃないんだし」

　剛史は、手にしていたグラスを机の上に置いた。

「少しは俺に惚《ほ》れてくれた、とか？」

剛史は真顔だった。

「そういうの、酔いに任せて聞かないで」

「……すみません」

ガラス窓に映る剛史の顔は、三歳年下のあどけなさを纏《まと》っていた。今日も目を合わせずに、里佳子の横顔ばかり見ている。

剛史の瞳に映る里佳子は、クールな大人だった。自分に自信があって、聡明で、リードするどころかまるで敵《かな》わない自分自身が、不甲斐《ふがい》ない。こんな自分が里佳子を満足させられるのだろうか。恋愛の舵《かじ》がどこにあるのかもわからないのに、憧れにも似たような感情を抱き、剛史は里佳子に惹かれ始めていた。

ふたりはすっかりほろ酔い気分になり、体から緊張感が抜け、幾分、距離が縮まっている。瞼《まぶた》が重くなってきたところで、伸びをしながら里佳子が声をかけた。

「そろそろ帰ろう。新幹線の時間もあるだろうし」

すると、剛史は無言で、横のソファに置いていたバックパックを手にし、中をがさごそと探る。

「これ」

小さな紙袋を取り出すと、中にはピンクのリボンがかけられた小箱が入っていて、視線は逸《そ》らしたままで、里佳子の腕へと押し付けた。

「どうぞ……」

「何これ!?」

さっきまでの眠気が一気に吹き飛び、背筋を伸ばし、剛史へ体ごと向き直るが、彼は黙ったまま、里佳子から視線を逸らしている。

「ありがとう」

里佳子はそっと両手で、小箱を受け取り、リボンを解こうとした。

「ちょっと、それは……家帰って、開けてくださいよ」

剛史が止めようとしたが、リボンを解く里佳子の手の方が一足早かった。剛史は視線を逸らしたまま、腕を組んだり足を組みかえたりしている。箱を開けると、ネックレスが入っていた。キラッと光る石が、花びらのように七つ嵌《は》められている。

「これ、ホントに？　もらっていいの？」

剛史は目を合わせず、黙って二、三度頷いた。

「ありがとう！　嬉しい！　大事にする！」

剛史の方を振り返り、白い歯を見せ大きく笑った。

「どこかにさ、アイラブユーとか、彫ってあるの？」

「ちょっ、まさか！　彫ってなんかないですよ！」

当たり前のように言い切ると、ふうん、と里佳子はつまらなさそうな顔をした。

「つけてくれる？」

そう言うと、里佳子は両手で長い髪の毛を、くるっとまとめ、剛史に背を向けた。

「自分でつけてくださいよ！」

里佳子は剛史へと向きを変えると、また口先を尖《とが》らせた。

「なんで？　私がつけるために、プレゼントしてくれたんじゃないの？」

「もちろん、そうですよ！」

「ふうん。じゃあつけてくれてもいいのに」

拒まれたような気持ちになり、髪の毛を下ろした。里佳子は小箱の蓋を閉め、唇を尖らせた。すると、剛史は里佳子の手にある小箱を取り上げ、蓋を開けると、中からネックレスを取り出した。里佳子はクスッと笑い、元々つけていたネックレスを外して机の上に置き、カールがかかった長い髪を、もう一度、ひとまとめにした。

心臓の鼓動が里佳子に聞こえるのではないか、と思うくらいに、剛史はドキドキしていた。女性にうなじを見せられたことなんて初めてで、良からぬことを想像してしまいそうになる。

「ねえ、まだ？」

「今、やってますよ！」

剛史が離れると里佳子は真正面に向き直り、満面の笑みを浮かべ「どう？」と尋ねた。

「似合ってますよ……」

「なんて？　聞こえなかったー」

「似合ってると思いますよっ！」

絶対今の聞こえてただろ、とブツブツ言う剛史に、里佳子は突然ハグをした。

「えっ……」

「ありがとう」

剛史は時間を止められたかのように、カチンコチンに固まった。手のやり場に困って、両手を頭の後ろで組んでいる。

「あっ、え、あの……。俺の気持ちです……」

その言葉を受け、里佳子が剛史の顔をのぞき込むようにして言う。

「女の子には、よくプレゼントするの？」

「だから、しませんよ！」

剛史はやや強い口調で言い切ると、黙って席を立ち、会計をしに行った。まだ時間は十分あったが、里佳子の横に座っているのがたまらなく照れ臭かった。

里佳子の好みでこの店を決めたので、半分払うと言ったが、剛史は断固として受け取らなかった。感謝の言葉を伝え、駅の方へと歩き出した。

「今日は、駅まで送ります。三ノ宮に宿とってるんで」

「こっちに泊まるんだったら、もう少しゆっくりすれば良かったね」

「じゃあ、食後のコーヒーでも、飲みに行きますか？」

「コーヒー、飲めないんじゃなかった？」

里佳子がニヤニヤしながら鋭く突っ込むと、剛史は苦笑いをする。里佳子には敵わないのだ。

里佳子は、三ノ宮駅へ向かう途中、雑居ビルの一階にあるカフェバーを指さした。剛史も気に入った様子で、自然と店の方へ足が向かう。

剛史がドアを開けると、カウンターで年配のカップルらしい男女がしっとり飲んでおり、奥に二席空いていた。

壁に掛けられたメニューを見て、お互いにオーダーを終えると、剛史はスマホを取り出し、何枚かの写真を里佳子に見せた。画面をよく見ると、何やら黒っぽいものが海の上に浮かんでいる。

「これが潜水艦？」

艦体らしきものは黒い海の色と同化しており、どこまでが艦体なのかがよくわからない。

「この国旗がついてる方が前で、ちょうどこの辺りに、舵があるんです」

「窓ってないの？」

「観光用じゃあるまいし、窓なんか一切ないですよ。ハッチが閉まれば、再び開くまで、日の光が差すことはないんです」

里佳子は身震いをした。

「へえ。潜水艦に乗ってて、酔ったりしない？」

「たまになります。出港する時に、天気が悪くて海が荒れたりすると、特に。雨でも嵐でも出港しますから。潜れば平気ですけど」

スマホを見ていると、飲み物とドルチェのセットが運ばれてきた。

「ちょっと、おもしろいものがあるんですよ」

そう言うと、また画面を里佳子の方に向けた。芸人が、潜水艦の中で隊員と一緒にカレーを食べているバラエティ番組の動画だった。

「普段は、この青い作業着を着てるの？」

「そうです。艦で作業をしている時は、このブルーの制服です。それから海上自衛隊では、金曜にカレーを食べるんです。出港したら曜日の感覚がなくなるし」

「窓もないんだもんね。外が真っ暗なのに、会社で残業するのも、結構辛いけど」

「潜水艦は窓がない代わりに、日没になると、艦内の照明が赤くなるんです。潜水艦に乗ったら、時間の感覚もなくなっちゃうんで、体内時計が乱れないように」

ストローをくわえながら、その番組を見入っている里佳子の横顔を、剛史はじっと見ていた。食堂の椅子の天板を開けると中には、じゃがいもやにんじん、カボチャが入っていた。一般的なサラリーマンとは全く異なった世界で職務をこなす様子を、里佳子は微笑みながら見つめており、その姿を剛史もまた、満足そうに見ていた。

「これ、見て欲しかったんです」

そう言うと、剛は微笑みながらスマホの画面をオフにし、胸ポケットへとしまった。

「潜水艦ってさ、深く潜って何をしてるの？」

「潜水艦自体は、哨戒《しょうかい》、偵察活動などを行います。他国の情報収集や、魚雷を搭載しているので――」

「え！　魚雷!?　魚雷って、攻撃するってこと!?」

里佳子の目が大きく開いた。

「はい。最悪の場合は……そういうこともあり得ますね」

「……本当に不思議な世界ね」

「サブマリナーの仕事、理解してくれました？」

誇らしげな様子の彼に視線を合わせ、里佳子は二度、苦笑いをしながら軽く頷いた。

「あっ、さっきの写真送るね！」

食事をした先ほどの店で、店員が恋人同士の記念日と勘違いし、写真を撮ってくれた。

里佳子は自分のスマホを取り出し、画像を開く。里佳子は陽気な笑顔をしているものの、剛史は例の仏頂面をしていた。

「見てみて。プレゼントを渡した方は、ご機嫌斜め、って顔してるよ」

「違いますよ！　里佳子さんがあんなこと、俺に言うから……」

「あんなこと？」

「ネックレス、つけてくれって……」

里佳子は首を傾げ、アイスコーヒーを飲んだ。

しばらく話を続けると、剛史は眠そうに目を擦り始める。里佳子は席を立った。

「ちょっと、失礼」

ソファに座る剛史の姿を横目に、会計を済ませた。席に戻ると、剛史はまた大きく口を開けてあくびをした。よほど眠いのだろう。

「疲れてるみたいだし、もうそろそろ帰ろうか」

剛史は、手にしていたスマホを伏せた。剛史が席から立ち上がったのを見計らい、バックパックを渡した。里佳子も革のバッグを肩に掛け、剛史のあとについて行く。剛史がズボンの右ポケットに差しこまれた財布に手をかけたところで、里佳子が声をかけた。

「もう済ませたから」

剛史は、ドアが閉まるなり、里佳子に尋ねた。

「いくらでした？」

里佳子は答えないまま、駅へ向かって歩き始めた。

「すみません。ご馳走様でした」

酔いも若干醒《さ》め、夜風が心地よく、里佳子は両手で伸びをした。

「駅まで送ります。阪急線でしたよね？」

「今日は実家に帰るの。ここからだと、実家の方が近いから。いろいろありがとう。プレゼントまでいただいちゃって」

里佳子は、開襟シャツの胸元のネックレスに触れた。

「こちらこそ」

「青森のご実家には帰ったりするの？」

「年に一回くらいは」

「もっと頻繁に帰ってこい、って言われない？　ご両親も可愛い、っておっしゃいながら、育てられたんでしょ？」

「可愛いのは、きっと兄貴の方ですよ。別に故郷に帰るつもりもないし、家は兄貴が守っていくみたいです」

何か家庭の事情でもありそうな口振りに、里佳子が尋ねた。

「故郷に帰るつもりがないって？」

「故郷に帰っても、仕事があるわけじゃないし」

「定年になっても帰る気はないの？」

剛史は、伏し目がちに話し始めた。

「その頃には、親も死んでるかもしれないし、年とって帰ったって、仕方ないですよ。入隊した時に、家族の死に目には会えないって、上官にも言われたし。宿命ですかね」

剛史はフッと笑うと、夜空を見上げた。その表情はとても寂しそうだった。剛史の職務に対する覚悟を見せつけられた瞬間だった。

当たり前のように感じがちな平和を守り続けてくれるのは、剛史のように自分自身に甘えることのない、強い自衛隊員がいるからなのだ。里佳子は彼らに対する偏見を持っていた自分を、恥ずかしく思った。

三ノ宮駅の改札に着いたところで、ふたりは向かい合う。

「じゃあ、今日はここで。広島まで気をつけて帰ってね」

「はい、里佳子さんも気をつけて。おやすみなさい」

「おやすみ」

そう言うと、里佳子は改札を抜けて、ホームへと向かった。一度振り返ると、剛史は再び手を振ってくれる。

快速電車の発車を知らせるベルが鳴り、慌てて周りの数人が駆け込んだのにつられて、里佳子も飛び乗った。

実家へ帰ると玄関には、兄秀彦の革靴が揃えられていた。里佳子は靴を脱ぎ揃え、愛犬のシェリーと戯れていると、部屋の奥からパジャマ姿の母が出てきた。

「里佳子、おかえりなさい」

「ただいま。今日は、秀兄も帰ってるの？」

「そうよ」

すると、玄関横の洋間から、兄の秀彦が顔を出した。部屋をのぞくと、母が作った肴《さかな》の横に、瓶ビールが並び、山のように積み上げられた書類に向かい合うように、父がソファにドカッと座っていた。

　義理の姉の件で、家族会議をしているようだった。

　里佳子は、洋間をあとにする母の背中を追い、ダイニングへと向かうと、愛犬も小走りについてきた。

「お茶でも淹れるわね。今日は、貴絵ちゃんとご飯だったの？　それとも、会社の人？」

「ううん。こないだ、結婚相談所で紹介してもらった人」

「あら、いいじゃないの。どんな方なの？」

　急須にお湯を注ぎ、菓子折りから菓子を取り出し、小奇麗なお皿に載せ、テーブルに置いた。

「海上自衛隊」

「あら、自衛隊？　逞しそうね。おいくつ？」

「三つ下」

「里佳子の性格だったら、結構年上か、もしくは年下の男性でも、私はいいんじゃないかしら、って思ってたのよ」

　母は、湯呑み茶碗に熱湯を注ぎ、温めてからシンクに湯を捨てた。

「今日ね、これもらったの」

　首元のネックレスを、人差し指に引っ掛け、母にチラチラと振って見せた。母は急須と湯呑みをテーブルに運んだあと、キャビネットを開き、メガネを取り出した。

「まあ、とてもきれいじゃない」

「高価なものかな？」

「値段じゃなくて、こういうプレゼントを用意して下さる気持ちが、ありがたいじゃないの。あまり社会に揉まれて、擦れるといけませんよ」

メガネを外し、ふたつの湯呑み茶碗に熱いお茶を注いだ。

「食事にも誘われて、プレゼントも渡してくれるのに、目も合わせないのよ」

「だからって、すぐに手を握ってくる男も嫌でしょう？」

それは嫌、と言い放った。

「女性との関わりが、少ない職場なんだから」

「二十七だよ。十分すぎるぐらい、社会経験を積んでると思うんだけどなあ。しかも、青森出身でね、今は呉にいるんだって」

「呉？　広島の？」

「そう！　わざわざ新幹線に乗って、神戸に来るの。どう思う？」

「自ら志願して入隊するぐらいだから、強い意志をお持ちなんじゃない？」

「背も高いし、細マッチョで、真面目なところはいいんだけど、高校卒業して入隊したんだって」

「遊ぶために大学行ってたなんていうより、よっぽどいいじゃない。大学なんてね、就職するための、お稽古のお免状みたいなものなのよ」

「それにね、潜水艦に乗ってるんだって」

「潜水艦？」

「そう！」

「まあ、物騒なものに、乗ってるのね」

「出港したら、一切連絡できないの。いつ出港する、とか、いつ帰ってくる、とかも、機密事項なんだって」

「毎晩遅く帰ってきて、ほら飯だ、酒だ、って言われるよりずっといいじゃない」

「彼自身はすごくいい人だと思うの。ただ、なかなか家に帰って来ないし、命がけで仕事してるんだなあ、って思うと……」

「前にお付き合いしてた方の方が、私は心配だったわよ。里佳子の気持ちを蔑《ないがし》ろにする彼の態度はちょっと……。私は母として、いろいろと、思うところはありました」

母は、両手で湯呑みを包むようにして飲んでいる。

「まだ正式にお付き合いしてるわけでもないんだし、仲良くしてみればいいじゃないの。あら、もうそろそろ、一瓶空く頃だわ」

そう言うと母は立ち上がり、冷蔵庫から瓶ビールを二本取り出した。

「秀兄たち、まだ飲むの？」

母は、父と兄のいる洋間へビールを運び、里佳子も一緒に飲むことにした。

洋間のソファでは、書類に目を通すのに疲れたのか、秀彦は目頭を押さえている。里佳子が座ると、横に座っていた秀彦がおもむろに話し出した。

「竹上の決算発表、里佳子が言ったとおりだったな」

「うーん。言ったとおりになって欲しくなかったけど……」

「実際のところ、どうなんだ？」

「国内の売り上げが揃って前年割れなの。それに、為替もかなり円高に振れてきて、輸出品の売り上げもどんどん下がってる状態で……」

「冬のボーナスが減額どころか、会社の存続さえ危うい状態だな」

「部長も資金繰りに四苦八苦してるよ。上司のそういう姿見てると……なんかやるせない気持ちになる……」

「そうか……里佳子が決めればいいことだけど、この前の話、少しは考えてみたか？」

秀彦の言葉に、里佳子は顔を上げた。

「会社が潰れた時のこと考えて、結婚も選択肢のひとつかなあ、って思って、私、結婚相談所にも入ったの」

秀彦は、やや驚いた顔をした。

「なるほどなあ。いい人はいたのか？」

「うーん。友達は結婚は条件だ、って言うんだけど……。結婚っていったい何なんだろう。私、よくわからない」

秀彦はグラスに注がれたビールを飲み干し、机の上に置いた。

「最後は人間性だ。お互いの短所は、時間がたてば嫌でも見えてくる。それに、お金や名誉なんか、失う時がくるかもしれない。丸裸になったその時、それでも愛せるか、なんだよ」

両親も、ふたりの会話を聞きながら、黙って頷いている。

「俺は許せなかったけどな。金は大事だ。金がなければ商売もできないし、飯も食えない。でもな、金があっても必ずしも心が満たされるわけじゃない」

父親は空になった秀彦のグラスに、ビールを注いで言う。

「里佳子、あまりいろいろ考えず、楽しめばいいんじゃないのか？」

「父さんの言うとおりだ。決断する時に、里佳子に見る目がないなら、俺が見極めてやる」

嫁も見抜けなかったくせに、とは里佳子はさすがに言えなかった。

里佳子がベッドに入る頃になってもまだ、洋間から、父と兄の声が時折聞こえてきた。

就寝前にスマホを確認すると、剛史からメッセージが来ていた。

初めて彼の写真を見た時、真面目な人、そう思った。何度か会うと、最初の印象のとおり、清らかで純粋な人で、好感を持てた。真っ赤なライトに照らされながら食事を摂り、密閉された空間に何週間も閉じ込められたまま仕事をするとは、大した忍耐力だと里佳子は思う。母の言葉もあって、里佳子の剛史に対する印象や不安要素は、やや薄れてきたようだ。

――こちらこそ、素敵なプレゼントどうもありがとう。大事に使います。神戸までわざわざ来てくれて、どうもありがとう。おやすみ

プレゼントをもらったからだけではなく、自分が真似できないことができる剛史のことを、少しずつ尊敬できるようになっていた。

月曜からパワー全開で飛ばして仕事をしている里佳子とは対照的に、大河内は眠そうな顔をしていた。すっかり日も暮れ、社内の時計を見上げると、既に九時を回っている。時間を確認したら途端に、肩の辺りが重くなった。

「里佳子先輩、スマホ鳴ってますよ」

デスクの上の、タコ足に繋がれた充電器の上で、スマホがブルブル震えていた。

「出ないんですか？　部長も橘さんも、まだブロック会議っすよ？」

「出なくていいのー」

デスクに戻り画面を見ると、陣野剛史、と表示されている。電話が鳴るということは、剛史は既に仕事を終え、艦を降り、上陸しているということだ。今ここで通話ボタンを押すわけにはいかない。スマホを伏せ、複合機の前へ戻り、再び会議資料をまとめ始めた。

「里佳子先輩、また鳴ってるー」

「もうー！」

里佳子は大きな足音を立て、デスクに戻ると、新着メッセージがあった。

——明日から、しばらく連絡できなくなります。今日電話できないですか？

しばらく連絡できないということは、出港するということだろう。昨夜も同様に電話で話したが、そんなことはひと言たりとも言っていなかった。スマホを見つめていると、矢崎が声をかけてきた。

「里佳子先輩、このデータ、ちょっと見てもらってもいいっすか？」

矢崎のPCに顔を近づけた。どの部門も、営業成績は好ましくないが、飛び抜けて悪いのが薄型テレビだった。設備投資における債権の回収率が非常に悪く、予算達成率は八十パーセントまで下がり、大幅に未達になっている。

過剰な設備投資が仇《あだ》となり、次期決算も減収スパイラルから抜け出せそうにないことは明白だった。

「最近部長と橘さんが、会議から帰ってこないのって、このせいっすよね？」

ふたりの深刻そうな会話に耳を立てていた大河内も、パーティションから首を出した。

愛用の眼鏡には、拭きとられていない手垢《てあか》が、ベタベタとついている。

「今日の幹部会議だって、突然決まったじゃないっすか。なあ大河内」

大河内は、不意を突かれ、眼鏡を拭きながらしどろもどろになっている。

「きっとそうだろうね。だって、私もこんな数字、見たことないよ」

里佳子がカレンダーをチラリと見ると、決算発表まで二週間もない。

「とにかく、早く帰れる時は、帰って休むようにしよ。嫌でも今回の決算は、大荒れだと思うから」

「そうっすね。大河内、帰るとするか」

橘のデスクに、何かあれば、明日早めに出勤しますので連絡ください、と書いた付箋を貼り付けた。

帰り際、廊下へ出て、会議室の方をのぞくと、まだ使用中のランプが赤く光っている。財務経理部は木下と橘を残し、帰宅することにした。


電車に乗っている時にも、剛史からの着信があったので、最寄り駅に着くと、すぐに電話した。

「電話もらってたみたいで。ごめんね」

「いえ、仕事中すみません。今仕事終わったんですか？」

里佳子は定期を、自動改札にピッと当てた。

「ちょうど決算だし、仕事のボリュームも、少しずつ増えてきてるからね。明日早いんでしょ？」

「うん。五時起きですね」

里佳子は「ひやっ」と、悲鳴にも似た声を上げた。

「もう寝た方がいいんじゃない？」

「今日は同僚と草野球したあと、昼寝しちゃったんですよ。明日出港だし、そろそろ寝ないといけないんだけど……」

「出港したら、連絡できないんだっけ？　メッセージも？」

「そうですね……一切できません。外部との情報は、全てシャットアウトされるので……」

「そっか。くれぐれも、体に気をつけてね」

「はい。明日からの出港、頑張れそうな気がします」

「それなら良かった」

里佳子はマンションに到着し、鞄の中から鍵を取り出した。

「里佳子さん、あの」

「ん？　なに？」

「待っててくれますか？」

切なそうなその声に、ふいに胸がキュンとした。集中力が削《そ》がれ、鍵穴に上手く挿し込めず、指先から鍵がすり抜ける。冷たいコンクリートの床に、金属音が響いた。


週末に貴絵が、西宮から神戸までお気に入りのアウディを飛ばしてきてくれるというので、会うことになった。行きつけのカフェで、車で来た貴絵はスカイブルーがきれいなノンアルのカクテルを、里佳子はラズベリーが入ったソーダをオーダーした。そのほかサイコロステーキやサラダなど、貴絵が選り好んで注文をする。

「この間はごめんねー。結局支店の後輩が優勝しちゃって、コンペのあとに飲みに連れてってもらったんだー。そのお店が、超お洒落だったの！」

貴絵がロックオンした、敏腕ディーラーの話から夜会はスタートした。

「それって、会員制のお店？」

「そうそう！　お客さんはみんな金融マンって感じだった。四人で十万近く払ってたと思う」

里佳子はグラスに口をつけたまま、目を大きくした。

「出張で大阪によく来るんで、是非、またお食事しましょーだって！」

酔っぱらいよりも大きい貴絵の声が、店の中に響き渡ると、里佳子は人差し指を立てた。

「やっぱ金融マンがいいわ。お金に無知な人間は、この世で馬鹿をみることになってんの。搾取するか、されるか、この世の中には二種類の人間しかいないのよ」

そう言うと、貴絵はもう一杯おかわりを頼み、里佳子の肩を平手で叩いた。貴絵のストレートな物言いは裏がない分、棘《とげ》がある。貴絵の毒舌が発揮され始めたので、里佳子ははっきりと彼女を制した。

「でも、搾取することで誰かの平穏を乱すなら、それは考えものだよ。それに、搾取される者だけが無知とは限らないし」

「まあ、愛が欲しけりゃ、結婚なんて、条件を度外視して誰とでもいいけどー」

意味ありげな貴絵の視線は、遠まわしに、剛史のことを無知な人間と言い捨てた気がした。里佳子はグラスを持ったまま、貴絵の態度にややムッとする。

「月末にね、彼が後輩と大阪まで来るらしいんだけど、里佳子、飲みに付き合ってくれない？」

「私？」

「そう。最近の出会いのトレンドは、初心に返って、紹介型らしいよ」

里佳子はその誘いに対しては明確な返事をしなかった。

「お互いをよく知る人が人選するわけだから、成功の確率は相談所より上がるのよ。とりあえず、日にち決まったら、連絡するからよろしく」

「私、敏腕トレーダーみたいに仕事ができて稼げる人より、誠実で素朴な人が良いな」

「あら、それ例の海上自衛官のことじゃないでしょうね」

里佳子の顔を指さして、ゲラゲラと笑っている。それを見ると里佳子は再びムッとし、唇を尖らせた。

「もう！　私、今仕事が忙しくて、それどころじゃないんだから行けないわよ」

「ねえねえ、次の竹上の決算、ヤバそう？」

「そんなの言えない」

途端に里佳子は口を閉ざした。

「じゃあ、竹上は売りだね！　お客さんにさ、信用で竹上を買いまくってる人がいるんだー」

「私、何にも言ってないからね！」

里佳子はストローで、ラズベリーをぐるぐるとかき混ぜた。

「いいのいいの、私はお客さんに感謝してもらえれば。でもさ、今の竹上、本当に相当ヤバいんじゃないの？　やっぱ竹上のプラズマテレビ、全然売れてないんじゃない？」

証券女子の貴絵は、竹上電工の経営状況を熟知していた。

「貴絵の言うとおりだよ」

「そこまで酷《ひど》いんだったらさ、転職考えた方がいいんじゃない？」

貴絵の言葉に里佳子は反論できず、大きく肩を落とした。彼女が言ったことは、今まさに里佳子が考えていることなのだ。

「ねえ貴絵、そう言えば、愛梨《えり》のお祝いどうする？」

島野《しまの》愛梨は貴絵と同様、中学からの大親友である。大学卒業後、就職した大手レコードチェーン店の店長と、あっさり結婚した。

愛梨は、さっぱりした男っぽい性格だったが、彼女の結婚式が、女の子らしいピンク色で統一されていたのが印象的だった。

「忘れてた。男の子生まれたんだっけ？」

「うん。来月いっぱいまでは、実家にいるらしいから、近々行くつもりだよ」

怒濤《どとう》の決算が終了すれば、祝いを持っていくつもりだった。

「里佳子覚えてる？　あの店長と結婚するって聞いた時、みんな揃って大反対したこと」

里佳子がドイツに行ってからは、愛梨とはメールで近況を報告し合い、レコード店でバイトをし始めたと聞いた。そして、日本に一時帰国した際に愛梨の家に遊びに行った時、母親からこっそり、年の離れた男と付き合っている、どうにか別れさせて欲しい、友達の口から言ってくれ、と恐ろしいほどの剣幕で、捲し立てられたのだった。

「結婚するって聞いた時は、本当に驚いたわ。だって、ひと回りも離れてるんだもの。旦那さんが四十二歳で親になるってことは、子供が成人する時は六十二歳？」

「貴絵、そこまで計算してるの？」

「当たり前じゃないの！　ファイナンシャル・プランナーでもあるんだから、ちゃんと人生設計しとかないと」

説教をしたあと、貴絵は里佳子の胸元のネックレスに視線を向けた。

「さっきから思ってたんだけど、それ、買ったの？　どこのブランド？」

「えっと、なんだっけ」

「知らないで買ったの？　あ、もらったんでしょ？」

貴絵はニヤリとした。彼女の気に入らない相手にもらっただけに、里佳子は歯切れが悪くなる。

「ははーん。あの潜水艦乗り、里佳子にプレゼントするなんて、やるねえ。まあ、大して高くないブランドみたいだけど」

首元のネックレスに指を絡め、すっかり見透かしているかのように言った。

「何回会ったの？」

「……二回」

「たった二回目で、いきなりネックレス!? 付き合ってんの？」

里佳子をブンブンと首を振り、髪の毛が揺れる。

「食事に行って、帰り際に、バックパックの中から、出てきたの。告白なんかされてない」

高校生じゃあるまいし、と貴絵が、またテーブルを叩いて笑っている。

「アイラブユーって彫ってあるの？　って聞いたんだけど、完全否定された。半分くらい本気で聞いたのに……」

「自分でお膳立てしておいて、潜水艦乗りもツメが甘いなあ」

「嬉しかったからハグしたのに、何の反応もなし。気があるからプレゼントするんだよね!?　違う？」

「ウケる！　潜水艦もおかしいけど、ハグ！　アンタのそういうところも、外国人なのよ！」

貴絵と一緒にいる時は、昔の自分に戻れる。彼女の毒舌ぶりに、腹が立つこともあれば、同意できないこともある。しかし、裏を返せば、お構いなしに何でも話してくれる貴絵が、里佳子は大好きだった。

「そもそも、里佳子は保険として、結婚相談所に入っただけでしょ？　アッチは相談所に入らないと、女のひとりも作れない男なんだから。自衛隊なんか、下手したら死んじゃうよ。これからも連絡取るつもりなの？」

「明日出港します、って言われて、それから連絡ない。きっと海の中だと思うけど」

貴絵は、眉間にめいっぱい皺を寄せ、怒りを露《あら》わにした。

「仕事を言い訳にして、ろくに連絡もしないんじゃないの？　忙しぶっちゃってさ。出張とか、転勤とかはあるの？」

「うん。潜水艦って横須賀と呉の二ヶ所にしか、母港がないんだって」

「横須賀と呉ね。海外転勤もないわけだし、夢も華もないなあ」

「……うん」

返事をする里佳子の声が、徐々に小さくなった。

「彼のお給料だと、里佳子が働かないと贅沢《ぜいたく》できないでしょ？　里佳子のご両親は、苦労させたくないんじゃないかなあ」

語勢を強め、子供を叱るかのように、貴絵は里佳子に話した。

「働くって言っても、呉に住んでるから、竹上で今の仕事は続けられないと思う」

「どういうこと!?　辞めるの？」

貴絵は今までのどこよりも激しく反応した。里佳子は無言で、髪をクシャクシャと撫でた。

「彼さ、キャパが小さいのに、ハードル上げすぎてない？　深く潜りすぎて、頭のネジが何個かぶっ飛んでんのよ。もしくは、頭の中、浸水してるのかも」

貴絵がそういうと、ふたりは視線を合わせたまま大笑いした。

「ああおかしい！　里佳子、あのね、いい人ってだけじゃ、お腹いっぱいにならないの!!」

子供を叱るように、何度も、人差し指を立てた。

「国家機密かなんだか知らないけど、突然いなくなって、勝手に帰ってくるなんて。だいたい、出港って言っても、本当に出港してるかどうかもわからないのよ？　遊びに行ってるかもしれないじゃない」

貴絵の言うことに、ただ頷くこと以外、何もできなかった。マシンガンのように喋り続ける貴絵には惨敗だった。貴絵の言葉に間違いはないと思うと、それがまだ悔しくなった。


貴絵が愛車で、里佳子のマンションまで送り届けてくれた。ソファの傍《そば》に荷物を置き、深呼吸すると、全身の力が抜けていく。シャツのボタンを外そうとすると、ネックレスが指に触れ、一昨日の彼との会話がよみがえってきて切なくなる。

「待っててくれますか？」

「待つ、って何を待つの？」

「え？　……俺の帰りを」

「ねえ、酔っぱらってるの？」

「明日出港なんですよ。酔っぱらっていられるわけないじゃないですか。今回は危険な海域に行くんで、無事を祈って、ネックレスをつけていて欲しいんです」

ネックレスはもらったけれど、肝心な言葉は言われていない。貴絵の言うとおり、頭の中が浸水しているかも知れないほどに、彼はよくわからないやつなのだ。恋人でもなんでもないからこそ、彼には何も言えなかった。

そして、最後の電話から、一週間が過ぎた。本当に出港中のようだ。連絡がプツリと途絶えると、どうも妙な気持ちになる。ネックレスをもらい、好意を形にされると、やはり意識してしまう。

里佳子は寝そべって、持ち上げたネックレスを眺めていた。

出港してから、剛史のことをよく考えるようになった。プレゼントを渡したまま、海の底へと潜っていった彼。今頃、どんな気持ちでいるのだろうか。

「まだ潜航中？」

と、メッセージを送る。里佳子は自分の気持ちも、ゆらゆらと波の上を漂っているように感じた。

パドルは渡されたのに、両手に携えたまま、どこにたどりつきたいという意志もない。漕ぎ始めれば、外洋へ出るかもしれない。嵐に遭遇するかもしれない。座礁するかもしれない。どうなるにしても、自分は大海のど真ん中で、ひたすら漂流しているだけなのだと、里佳子は思った。

ソファに寝転んだ自分の姿が、バルコニーのガラスに映っているのを見ると、どこか自堕落な姿に思えて、またため息をついた。

潜水系《イルカ》男子

十一月も半ばに差し掛かっていた。とある著名経済アナリストが、年明けに予定されている竹上電工の第3四半期決算は、減収減益により収益が上がる見込みはない、と公言した。すると、竹上電工の株価は、取引開始の寄り付きから、安値圏で取り引きされている。今日も木下と橘は、もう昼になるのに、朝イチから始まった経営戦略会議から、まだ帰らなかった。

会議室の使用状況を見ると、『財務経理部〜12：00』となっているが、既に終了予定時刻から三十分以上も経っている。矢崎と大河内も、営業部との最終調整のため、席を開けていた。

昼食を摂るために、里佳子はひとりで社員食堂へ向かった。季節が変わり、新しく登場したクリームシチューをトレーに乗せ、窓側に沿って並ぶカウンターに腰を落ち着けた。背筋が寒くなるような決算を発表したからか、食堂の空調はあまり効いておらず、冷んやりとしていた。

箸を持つ前にスマホを確認するも、剛史へ送ったメッセージはまだ既読にならない。艦と共に、海面下を優雅に泳いでいるのだろうか。

再度、結婚相談所の姉さんから送られた添付ファイルを開き、顔写真を眺める。職務に命をかけるなど、到底自分には真似できない剛史の仕事には敬意を払うが、むしろそれがネックとなり、どこかでサイドブレーキを摑《つか》んだままの自分がいる。

制服姿の写真をアップにして見ていたので、自分の背後に人影が近づいてきたことに、全く気がつかなかった。

「誰すか、それ」

突然耳に入って来たのは、矢崎の冷やかな口調だった。里佳子のスマホをさっと取り上げ、まじまじと見ている。

「ちょっと！　返してよ！」

里佳子は慌てて、椅子から立ち上がった。

「なんだこれ？　里佳子先輩、警備員なんか趣味悪いすよ」

すると、食事を受け取った橘が、里佳子の横の席にトレーを置いた。

「ほら、橘さん、これ」

橘は身軽に里佳子をかわし、矢崎からスマホを奪い取った。

「ん？　なんだこの制服は？　おまわりさん？」

「もう！　ふたりともやめてよ！　警察官でも、警備員でもないから！」

里佳子が声を荒らげると、橘はスマホを返し、ニヤニヤしながら席についた。里佳子はそそくさと、スマホをサブバッグにしまったが、橘と矢崎に挟まれた形になり、バツが悪くなって両手で頰を押さえながら、写真の人物の身分を明かした。

「自衛隊？」

里佳子の説明に、橘と矢崎が声を揃えた。

「谷原が自衛隊とは。なんかピンとこないわ」

橘にそう言われると、里佳子はなんとも答えづらかった。

「俺のこと振っておいて、自衛官と付き合うなんて！　俺ってそんなにイケてないっすか？」

火がついたように騒ぎ立てる矢崎を見て、「お前、告ったもんな！」と橘は大ウケしている。矢崎は、財務経理部に転属になった頃、飲んだ席で、里佳子に付き合って欲しいと、言ったことがある。その場の雰囲気に悪ノリして言っただけだと思ったので、さらりと軽く受け流し、矢崎とは今でも良い関係を築いているのだが。

その時、橘のスマホが鳴り、ふたりを残して席を立った。矢崎は橘の背中を目で見送ったあと、里佳子に真顔で畳みかけた。

「さっきのマジで自衛官なんすか？　やめといた方がいいですよ」

「そうかなあ……」

里佳子はまるで自分に言い聞かせるようだった。

「そうっすよ。この前も、自衛官が事件を起こして、新聞沙汰にもなってたじゃないっすか」

矢崎は手にしていた水をグイッと飲み干した。

「海でも、駄目かな」

「はっ？　海？　海上自衛官なんですか？　もしかして船乗り？」

「そう。サブマリナー」

矢崎が、あんぐりとでかい口を開けていると、橘が息を切らして足早に戻ってきた。

「谷原、矢崎、戦略会議のスライド、内容が変わるらしい」

「へ、今から変更すか？」

橘の急な要求に、矢崎が面倒臭そうに答える。

「下方修正が決定したって。トップダウンだから、仕方ない。早く片付けて、配布資料も併せて訂正しよう」

「はい」

里佳子と矢崎は口を揃えて返事をし、箸を置いた者から順に、デスクへと戻っていく。

課員の中に急に緊張感が走り、里佳子は昼食など食べた気がしなくなった。剛史のことを頭の外に追いやり、いつもどおり仕事に没頭することにした。

*

アラサーというのは、性別を問わず、結婚を意識した恋愛をし、周りが立て続けに結婚していくと、嫌でも焦る。そして、周りも急《せ》き立てる。それは、陸でも海でも、同じだった。

鉄製の密封容器に閉じ込められた乗組員たちは、食堂に集い、田所と大川も、テーブルで肩を並べている。

剛史は真横に座った田所から、里佳子とのデートの進捗具合について、質問攻めに遭っていた。

「ネックレスつけて、って言うので……」

大川も田所も、驚きと笑いを押し殺している。

「それから、ありがとう、って言いながら……」

「ありがとう、って言いながら？」

その場にいた全員の声が重なり、剛史の答えを待って固唾《かたず》をのんだ。

「……抱きしめられました」

そう言い放ち、剛史は真っ赤になりながら、口いっぱいにハンバーグを詰め込んだ。

「超積極的!!」

湯浅は興奮している。

「マジか!!」

フルボリュームの大川に、他の乗組員から、冷やかな視線が向けられる。

「で、こう抱きしめて、陣の手はどうなったん？」

「手？　どういうことですか？」

「抱きしめるって、こうすんじゃなかと？」

田所が剛史に抱きつく真似をし、大川たちに、お前らもやれ、と言わんばかりに、指示した。ふんふん、と相槌を打ちながら、湯浅が横にいる大川へ抱きつこうとする。

「そしたら、お前の手はどうなったん、って聞いとるんよ」

「どうなるって、何も……いてっ」

田所が、剛史の額を小突いた。湯浅が大川に抱きつくと、気持ちわりぃ、と言いながら、大川は湯浅の手を突っぱねた。

「里佳子さんは、こう、お前の愛を求めたのに、それに応じんお前は、大馬鹿野郎だ」

「外国育ちだから……きっと挨拶、だったんだと思います」

「なるほど。ま、とにかく順調にことは進んどるね。陣、良かったな」

「プレゼント渡しただけで、別に順調ってわけじゃ……」

「プレゼントをくれた陣を、気に入っとるんかも知れんね」

そう言った大川を、剛史はムッとした表情で睨んだ。傍で見ていた小山と、湯浅がニヤニヤと笑う。

「いい感じやの。次は仕事を理解してもらう、これが大事なん」

自分たちは通勤電車に乗るようなサラリーマンではない。仕事を理解してくれる相手じゃなければ、決して長続きしない、と田所は言う。

「それが無理なら、好きでもやめ。遅かれ早かれ、結末は同じなんよ」

田所の言葉には、真剣味があった。

「陣野先輩、デートしたらいいじゃないすか。俺、こないだアメリカ海軍の、全米ナンバー1の映画、小山さんと見ましたよ。エグいシーンもあったけど、おもしろかったっすよね？」

小山は、ハンバーグと大盛りのご飯を、口の中に交互に詰め込みながら頷いた。

「Uボートの映画とか、DVD借りるんはどうなん？　俺の部屋で見よ、って」

「部屋に呼ぶなんか、誘ってるみたいじゃないか」

大川の言葉に、剛史は反発した。

「じゃあ、誘わんの？　里佳子さんは外国人じゃけ」

「たしかに、成り行きは大事。一気に進展しよるけん」

田所も大川の意見に、反対はしないらしい。

「グズグズしてると、長期出港中に、他の男に盗られるんよ」

サブマリナーにとって、最も痛烈な言葉だった。

「俺はお前みたいに、デキ婚なんかしない。若気の至りじゃあるまいし」

大川は四年ほど前に結婚し、既に立派な二児の父親だ。

「お互いの両親に会ったあとにデキたんじゃけ、何がいけんの？」

年老いた時に、独りは嫌だが、剛史は何かを言いわけに結婚したくはなかった。

「船乗りはな、普通の女と結婚するんが一番ラクなんよ。浮気もされんし、一途《いちず》に帰りを待っとってくれるし。安心して出港しているあいだに浮気されたら、それは嫌じゃけど」

黙って大川の話を聞いていた田所が、口を開いた。

「きさぁん、それ、俺のことか！」

テーブルの下から、田所の長い足が、大川の脛《すね》を蹴り上げた。

「綺麗なお姉さんと結婚したら、心配で心配で、出港した時不安になるかもね」

満腹になった小山が、腹に手を当て、ボソッと剛史に言った。


食後に、狭い艦内の廊下で筋トレをしたあと、やや大きい冷蔵庫ぐらいのシャワールームで、行水程度に全身を洗う。湯船などはないし、使う水量にも限度があり、バシャバシャと贅沢に水を使うことも許されない。家の風呂とはまるで大違いだった。

剛史は身を屈《かが》め、三段ベッドの真ん中に潜り込んだ。隣とはたったカーテン一枚隔てられただけだが、狭い艦の中では、ようやく自分だけの空間になる。そして、室内が赤いランプに切り替わった。

「もう日没かあ」

あの時、田所に言われるがまま、剛史は、市内の百貨店までバイクを飛ばした。女性へのプレゼントなど、母の日以外、買ったことなどない。アクセサリー店がひしめくフロアで、ひとりのきれいな女性に、何かお探しですか？　と、声をかけられ、咄嗟《とっさ》に「プレゼントを――」と答えてしまったのだった。

店員はアクセサリーのディスプレイの中へ手を伸ばし、商品を取って直《じか》に見せてくれた。

どれがいいのかよくわからず、彼女におススメを尋ねた。

「あの、おススメはありますか？」

店員は、少し離れたところに置かれた商品を持ってきた。花をモチーフにしたネックレスだった。手に取ると、チェーンは華奢《きゃしゃ》で、トップはキラリと光る石が七枚の花びらの形になっていた。里佳子にぴったりだと思い即決した。リボンの色もラッピングも全て店員に任せた。

「彼女へのプレゼントですか？」

店員に聞かれ、無意識に、はいと答えてしまった。そして、照れながら、鼻の頭を掻いた。


「ありがとう、か」

目を閉じると、あの抱きしめられた瞬間を、今でもリアルに思い出せる。里佳子の香りがよみがえる気がした。そして、また照れくさくなり、シーツもろくに取り替えられず、日に日に悪臭が増すベッドの中で、こっそりはにかんだ。

「上陸したら、映画に誘おう」

＊

後味の悪い決算書類を一気呵成《いっきかせい》にまとめ、コンビニで適当な夕食を買い漁《あさ》り、胃袋に詰めてはまた眠る。花形の会社であっても、しおらしい女性らしさなんてものは、日に日に失われていくように思えた。

会社の先行きも暗雲が立ち込めている中、このままの生活を続けていくべきなのか、里佳子は今の仕事に迷いを感じていた。

シャワーを浴び、寝る前にスマホをアダプターに繋ぐと、二週間ぶりに、剛史からメッセージが来ていた。

――今、舞鶴《まいづる》にいます。明日の金曜か土曜、空いてませんか？

てっきり海の底深く潜っている、と思い込んでいたところへ、彼は急浮上したのだ。政治的な状況の影響を受けて、いつもは寄港しないはずの舞鶴港に帰港したそうだ。

日曜は愛梨のところに出産祝いを持っていくつもりだったし、今週末の土曜ぐらいは、ゆっくり体を休めたかった。もらったネックレスは気に入ったが、会社につけていくのは派手なので、パウダールームの小物入れに入ったままだ。

里佳子は返信する気力もないぐらい、仕事のことで疲労困憊《こんぱい》していた。そのままベッドに入ろうとシーツを捲った時、剛史からの着信が知らされた。

「もしもし、こんばんは」

「……こんばんは」

応える里佳子の声のトーンは低く、やや掠れていた。

「久しぶり……ですね」

「今日、突然陸揚げされたの？」

「陸揚げじゃなくて、上陸……です」

「あ、そうか。舞鶴に行くなんて言って——言えないんだったね……」

そして、里佳子はしばらく口を噤《つぐ》んだあと、呟くように言った。

「そういう仕事なんだから、仕方ないよね」

あくびをしたい衝動が込み上がってくるのを、ぐっと我慢する。

「二週間、連絡なかったら、嫌ですか？」

そう問われ、里佳子は笑った。

「艦に乗ってたら、一切連絡できないんでしょ？　仕方ないじゃない」

「だって、全くお互いの様子がわからないんですよ。何日も、何週間も会えないのとかって、嫌じゃないのかな、って思って」

「そりゃ会いたい人もいるだろうけど、だからと言って仕事辞めて、って言うわけにもいかないし。ある程度割り切ればいいんじゃない？」

「大人なんですね」

里佳子は適当に笑って、あしらった。

「あの、明日か、明後日、食事でも行きませんか？」

「明日は、社内の打ち上げなの」

「ならば明後日、京都で会いませんか？　この前話してた映画、見たくって」

「京都？　私、今週はそこまで行く元気ないかな……」

「やっぱり、避けてますよね？　出港したら、どちらからともなく、ぎくしゃくするんです。距離ができて――」

「そうじゃなくて、睡眠不足で、体力的に余裕ないのよ……」

　新神戸から新幹線に乗れば、三十分で京都には着ける、という計算が一瞬里佳子の頭をよぎったが、今はただ、休みたい、眠りたい、それだけだった。

「じゃあ、明後日、神戸まで行きます。だから、映画でも見ませんか？」

　ここまで食い下がれるのに、何故結婚相談所を頼ったのだろう。まんまとハマってあげるのも年上の女の余裕かもしれない、と思い、里佳子は了承することにした。

「よし。それじゃあ、どこで見ます？」

　映画館くらい自分で調べてくれ！と、言いたかったが、今日はそんな気力すらなく、「また調べておくから」と言い、通話を終えた。スマホが過充電になることも気に留めず、枕に顔をうずめ、里佳子は泥のように眠った。


　金曜の夜は、予定通り打ち上げが居酒屋で開かれた。重要なヤマをひとつ終えた労《ねぎら》いの会は、木下の挨拶から始まった。

「財務経理部のみなさん、我が社は、減収減益の決算を発表し、非常に芳しくない状態であり、経営難に直面しています」

里佳子、矢崎は正座、大河内は体育座り、橘は木下の真横に立ち、ビールグラスを掲げている。他の財務経理部のメンバーも含め、皆、唇を真一文字に固く結んでいた。

「――ですが、まあ暗い話は、この辺りにしておいて、今日は楽しいお酒を飲み、また来週、再来週、そして未来へと、前向きな気持ちで繋げて行きましょう！　乾杯！」

「かんぱーい！」

全員が、ビールグラスを高く掲げた。一気にグラスを干した矢崎が口を開く。

「里佳子先輩、俺、部長の口から、経営難って言葉が出た時、なんかキュンとしちゃったな」

「スポーツ新聞なんか、竹上、次期決算赤字確定、って書いてました」

大河内は無類のタイガースファンで、毎朝、欠かさず通勤時間に、スポーツ紙を愛読しているのだ。

「外れてもないよな。どうやって輓回するんだ？　十月末の第2四半期決算だって辛うじて黒字じゃないですか。工場の稼働率下がってるし、設備投資のカネだって未回収のまんま」

矢崎の話を聞き、空になったグラスに里佳子がビールを注いでいると、橘がグラスを片手にテーブルへやってきた。

「おいおい、湿《しめ》っぽくなるなよ。今、部長が前向きに、っておっしゃっただろ？」

いつも以上の空元気のような気がしたが、ここは橘に同調することにした。隣で足を崩し、飲む姿勢になった大河内のグラスに、里佳子は、溢《あふ》れんばかりにビールを注いだ。

橘がぐいっと一気に飲み干し、里佳子にもう一杯！と、グラスを突き出したところで、木下も、里佳子の卓にやってきた。

「お疲れ。さあ、今日は飲もう！」

里佳子は木下のグラスに、なみなみとビールを注いだ。

「じゃあ、改めて」

「かんぱーい！」

明けても暮れても、残業が続く時期はある。何度も、会社を辞めよう、と思うことはあったが、木下部長や橘が上司だったからこそ、今の仕事は続けられた。「竹上電工のブランドにぶら下がるな」「看板を背負え」と叱咤激励されたからこそ、今この場にいられる。

財務経理部を統率していく木下は、胃に穴が開きそうなぐらい、神経をすり減らしているはずだ。そんな素振りをみじんも見せない木下の背中に、里佳子は胸が熱くなった。

「どうだ？　橘は、娘さんとは会ってるの？」

「それなりに、ですね。娘はやっぱり可愛いですよ。でも、俺はきっと、結婚式には呼んでもらえないんだろうな、って思うと寂しくなりますね」

「橘さん、どうされたんですか？　私たちに湿っぽくなるな、って言ってたのに！」

「今日は疲れて、酔いが回るのが早いんだよ」

そう言うと、里佳子のグラスに、ドボドボとビールを注ぎ足した。いつも以上に酒が進む橘を横目に、木下は意外なことを言い始めた。

「大河内はどうだ？　彼女と上手くいってるか？」

「え？　彼女？」

その場の三人が、声を上げた。

「お前、どういうことだよ！　彼女いないない、って言ってたじゃねぇか」

「あー、いや、ほんの二、三週間前から付き合い始めたばっかりで……」

「だから最近、よく給湯室で見かけるんだ！」

デスクで彼女からのメッセージを見ることに気が引けるので、給湯室へ行ってはコソコソとスマホをいじっていたというのが真相のようだった。

「なんで、お前みたいなやつが彼女作ってんだよ！　部長！　里佳子先輩なんか、自衛隊に本気で、恋しちゃってるんですよ！　どう思います？」

「ちょっと！　勝手なこと言わないでよ！」

「矢崎、また言ってんのか？　俺たち、総合家電メーカーだって、この先どうなるかわかんねえぜ？」

橘の言葉に、木下は両目を瞑《つぶ》り、苦渋の表情を浮かべた。

「あー、もう、先輩そこじゃなくて、軍人ですよ！　軍人！」

「うちの祖父は、旧日本海軍の元機関長だったぞ」

木下の意外な告白に、矢崎は口からビールをこぼした。

「最近の自衛隊は、とまではいかんが、矢崎が言うのもわからんでもないがな。まあいいから、今日は飲もう！」

　木下がグラスを宙に掲げると、別の課が木下に席の移動を促し、彼はヘルニア気味の重い腰を上げた。黙りこんでいる矢崎が滑稽だった。

「ちなみに、俺の弟も自衛官だよ」

　エリートで仕事がデキる橘。都内の国立大の大学院を修了し、すでに中間管理職で、木下に次いで部内ナンバー2である。その弟が自衛官とは、里佳子は想像すらできなかった。

「突然、大学なんか行かない、って言い出して、高校卒業して陸自に入隊したんだ」

　矢崎は大河内にビールを注がせ、おかわりの瓶を注文した。

「年の離れた弟で、両親も猛反対したが、昔から聞かん坊だったからなあ。物心ついたぐらいから、弟の部屋にはミリタリー雑誌がたくさんあったから、俺の知らないあいだに決めてたんだろう。今は三人の子供に恵まれて、奥さんと仲良くやってるよ。嫁に逃げられた俺とは大違いだ」

　自嘲気味にそう言うと、がっくり頭を垂れた。橘は過去二回、結婚している。ふたり目の奥さんとのあいだに、小学生の子供がいるが、親権はなく、キャリアウーマンの元妻が育てているらしい。仕事だけでなく、私生活もストイックな橘なのに、今日はいつも以上に、手酌が進んだ。

「弟は、最初から共働きしてくれ、って嫁に言ってた。結婚前にそんな話してさ、うまくいくわけないだろ、って思ってたんだけど、弟の嫁は、子供できてからもずっと、介護のパートを続けてる。嫁さんの方が音を上げると思ってたのに、それはどうやら俺の嫁の方だったみたいだ」

矢崎がプッと吹き出すと、すかさず、里佳子の軽い後頭部平手打ちが決まった。

「俺なんか、共働きどころか、金銭的に苦労かけた覚えさえないんだぜ？」

橘は妻と子供を残し、中国のグループ会社に三年ほど出向していた。そのあいだに、妻は夫から距離を作り、橘は帰国後、同じ屋根の下で共同生活を仕切り直したものの、半年で破綻したのだ。

「元嫁に、耳が痛いほど言われたよ。男は甲斐性だけじゃないって。稼いでくれる夫より、大事な時に家にいてくれる夫がいいって。あの言葉はキツかった。かと言って、今の仕事を辞めたら、いったい俺に何が残る？」

初めて聞く、橘の元妻の話だった。里佳子がビールを注ごうとするが、橘はそれを断って手酌をした。

「たまに弟が羨ましくなるんだ。俺なんか、大学院までガリガリ勉強してさ、入社しても社内競争。あいつは元々勉強も嫌いで、出世意欲や、上昇志向もない。なのに、家族仲いいし、幸せそうに見える。なんで俺はこんなに孤独なんだろうな」

橘の口から「孤独」という言葉がこぼれた時、里佳子は寂しくなった。

「先輩、孤独なんですか？」

「離婚して自由になったとか、別れて正解とか言うけど、独身ってな、ひとりなんだよ。ただ、ひとりでいるだけなんだ。ひとりでいたい時は自由を感じるけど、誰かが傍にいて欲しい時は孤独を感じる。良くも悪くも、ひとりなんだ」

橘の精神力は尋常じゃない。なのに、その橘が孤独という言葉を声に出すとは、信じがたい事実だったが、自分の気持ちに向き合い、包み隠さず話してくれた彼を、里佳子は逆に素敵だと思った。

「で、なんだ？　谷原のコレは、何の自衛官なんだ？」

橘は親指を立てながら、話を続ける。

「海上自衛官だと、すぐそこの阪神基地だろ？」

橘は、海上自衛隊についても詳しく知っているようだった。

「いえ、それが、呉にいるんです」

向かいに座っている矢崎が身を乗り出し、卓が傾きそうになる。大河内が慌てて卓を押さえた。

「はあ!?　呉？　関西ならまだしも広島って！」

「艦勤務なのか？」

「潜水艦に乗ってるみたいなんですけど、詳しく知りません」

「潜水艦かあ。あれは秘密の塊だからな。海の忍者は、自分のやってることを家族や兄弟、恋人でも話せないもんさ」

「機密事項だからとか、適当なこと言って、言わないだけっすよ！」

「擁護するわけじゃないが、潜水艦乗りって誰でもなれるわけじゃないんだぞ」

その言葉に引火したかのように嚙《か》み付いたのは、矢崎だった。

「橘先輩！　俺は認められませんね」

「おい、矢崎、何クダ巻いてるんだよ。大河内、水でも飲ませて、ちょっと薄めろ」

大河内が、ジャブジャブと空いたグラスに水を注ぎ、ゴクゴクと矢崎がそれを飲んだ。

「矢崎が言いたいこともわかるがな。たしかに俺の弟も、家に帰って嫁に偉そうにしてるぞ。家では踏ん反りかえってやがる。その上、台風だ、地震だ、って災害になると、肝心な時に、家族の傍にいてやれない」

矢崎は橘の話を聞いて、鼻に皺を寄せている。

「潜水艦乗りは適性があって、厳しい訓練を突破できたものだけが、乗船できる資格を与えられる、まあ請け売りだがな。谷原が我慢できるならアリだろ」

「潜水艦なんか、全然偉くねえ！」

「日の光も当たらない狭い空間で、敵にバレないよう音を立ててもいけないし、換気もろくにできなきゃ、風呂も入れないいんだぜ？　薄っぺらいカーテンで仕切られたスペースに狭いベッドがあるだけで、プライベートなんかあったもんじゃない。出港すれば土日返上で、嫌でも仕事だしな。根性あると思うよ。矢崎だと、もってせいぜい二日じゃないか？」

「俺は、あんなワケわかんねえ乗り物、興味なんかねえし！　ね？　里佳子先輩？」

里佳子は自分よりも橘の方が、潜水艦について、うんと詳しかったことに驚いた。

「強烈に抑圧された空間で、何日も過ごす強靭《きょうじん》な忍耐力と、最新鋭のハイテクセンサーを操作する緻密な頭脳があっても、神経質なやつは乗れない。常に危険と隣合わせで、乗組員同士助け合いながら、一丸となって艦を動かすんだ。普通の神経じゃ、あんな仕事は務まらない。家族には行き先どころか、日数も話せない隠密部隊なんだよ。矢崎みたいな、煩《うるさ》いおしゃべりは、残念だが志願しても乗れないな」

里佳子と大河内は、橘が話しているあいだ、彼から目を逸らさなかった。

「そうなんですか。私、全然知らなかった」

尊敬する橘の口から剛史の話を聞くと、自衛隊に関する先入観や偏見が薄れ、里佳子は彼の仕事を今以上に尊敬できる気がした。

たった二回しか会ってないのに、「俺の気持ち」と言いながら、里佳子のためにプレゼントを探してくれた彼の神経は、やはり常人ではないと思った。普通であることばかりが良いことではない。アジアの島国である日本に戻って来てから、誰かと同じであること、普通であることに安心を覚えていたのは、里佳子だったのだ。

「で、イイ感じなんだろ?」

「いえ。出港するって言われた後、二週間ぐらい連絡が途絶え――」

里佳子の言葉を聞いた途端、矢崎が口を挟む。

「二週間も無視するってなんだ? 潜水系男子かよ」

「潜水系男子ってのは、仕事を理由に連絡をしない、卑怯なメンズのことです。里佳子先輩、騙《だま》されてますって！」

「何それ？　造語？」

橘と大河内が、必死な矢崎を見て、大笑いしていた。

「潜水艦とか適当なこと言って、本当は、嫁も子供もいたりして。そうか！　だから何も

里佳子先輩に、言えないんですよ！」

「それはないよ。だって私たち、結婚相談所で出会ったの」

「結婚相談所!?」

大の男三人が、でかい声を揃えた。他の課の社員も、こちらの席を注目している。

「独身証明書も提出してるし、就業証明書も。源泉徴収票だってチェックされるんだから。とりあえず、保険、って感じですけど」

「いいと思うよ。俺は個人的に、なんて言うか、谷原が家庭にある程度おさまって、平凡な幸せみたいなのを築いて欲しい、って思うな。俺は築けなかったけど」

そう言うと、橘は大河内からビールの瓶を取り上げ、全員にビールを注いだ。

里佳子は自分の幸せを願ってくれる橘の言葉に、胸を打たれた。

「私も、橘さんに幸せになって欲しい、って思ってます。だから、孤独だ、なんて――」

「いや俺、これから先、結婚しないと言ってるわけじゃないからな」

「え？」

「橘さん、まだ懲りてないんですか⁉」

ビールを飲み干した矢崎が声を上げた。

「彼女はこれからも作るし、お互いいいと思ったら結婚するぞ。別に何回結婚したって、逮捕されるわけじゃないだろ？」

その場の全員が、失笑した。

「橘さん、今日はもう飲みましょ！　先のこと考えたって、仕方ねえ！」

矢崎はまた二本、瓶ビールを注文した。

「ま、向こうも金払って相談所入って、男臭い塀を乗り越えて、神戸までくるんだから、相当、谷原にお熱だろうな。ずっと塀に囲まれた男臭い中で共同生活してきてさ、そこから一歩外に出た時に谷原に出会って、その潜水系男子、谷原にメロメロなんだろう」

橘はそう言いながら前傾姿勢になり、向かいの矢崎の肩を、わざとらしくポンポンと叩いた。

「きーーっ！」

矢崎は奇声を上げ、頭を掻きながら、ビールの大瓶をラッパ飲みし、立ち上がって、里佳子に吠《ほ》えた。

「マジで、らしくないっすよ！　らしくないっすから！」

終電がなくなる少し前まで飲んだ。二軒目で矢崎が潰れ、橘は帰る方向が違うため、ひとり電車で帰り、大河内と里佳子が矢崎を連れてタクシーに乗り込んだ。里佳子が矢崎の横に座り、大河内はサイドシートで鞄を持たされている。

「潜水系男子……。里佳子先輩は大馬鹿もんすよ。馬鹿」

里佳子にもたれながら、何度も、うわ言のように呟いていた。その度に、タクシーの運転手と、バックミラー越しに、目が合う。

「矢崎先輩、今年は人事考課を上げて、もう一度、里佳子先輩にアタックするんだ、って言ってたんです。だから、谷原先輩の彼氏のこと、まだ受け入れられないのかも」

「だから、付き合ってるわけじゃないって！」

「先輩は、条件が良ければ結婚できるんですか？」

大河内は三人分の鞄を抱え、体を後ろへねじりながら、里佳子に尋ねた。

「入会する前は、条件次第では結婚してもいいかな、とは思った。実際に条件で選んで何人か紹介してもらったんだけど、最初は全然ときめかなくて。そういう時に、潜水系男子に出会ったんだよね。条件だけで考えると、元カレなんかより全然良くないかもしれない。けど、何週間も密閉されたままで、海の底深く潜ったりするなんて、自分にできないことができる彼って、なんか凄いなあ、って思っちゃうのよね……」

矢崎は里佳子にべったりもたれかかり、寝息を立てていた。

「今さら本気で人を好きになるのが、怖いんだと思う。恋が終わった時の、あの呆気《あっけ》なさ。納得して別れてるのに、心は空っぽになっちゃうんだよね」

「谷原先輩って意外に恋愛体質なんですね。モテるから、追いかけられて、身をかわして、楽な恋愛してそうですけど」

「そんなことないよ。モテないし。年齢を重ねるとさ、保守的になるし、かと言って、結婚を焦ってるなんて思われるのも癪《しゃく》に触るの。性格歪《ゆが》んでるのかな？」

大河内はクスリと笑った。里佳子のマンションが見え、一番にタクシーを降り、大河内から荷物を受け取った。

「矢崎の介抱、よろしくね」

「はい、お疲れさまでした。潜水系男子、俺応援してますから」

馬鹿、そう言って、タクシーを見送った。

株主に申しわけない内容の第2四半期決算も終わり、季節がまたひとつ変わろうとしている。エントランスに立つと、ひんやりとした風が里佳子のカールがかった髪を、サラリと撫でていった。


前日の飲み会のせいで、里佳子がベッドで目覚めた時は、正午を大きく過ぎていた。エントランスを抜け、駅までヒールを鳴らしながら向かい、急ぎ足でホームを抜ける。

十一月の半ばに差しかかり、首元には薄手のストールを巻いていた。

剛史とは映画館のロビーで待ち合わせた。今日の映画は剛史希望の戦争モノ。やはり里佳子の姿を見ても、剛史はにこりともせず、軽く会釈をするだけだった。戦争映画を見る相手にされただけかもしれない、と里佳子は思う。

剛史は、映画の時間帯が映し出されたモニターを指差し、カウンターの男性に話しかけた。

「ひとろくさんまる開演のを二枚お願いします」

店員は意味がわからなかったのか、里佳子の方を見て確認する。

「十六時三十分開演のでよろしいですか？」

「はい」

と、里佳子が返事をし、自分のクレジットカードを出した。

「遠いところから来てくれてるし、いいよ」

剛史の財布を押し戻し、里佳子が続けた。

「今のアレ、職場で使ってるの？　ひと、まるまるって」

「時間を言う時は、そうですよ」

「自衛隊ではそう言うかもしれないけど、バイトのお兄さん、ちゃんとわかってなかったよ」

「つい、いつもの癖で」

カウンターですぐにチケットを発券してもらい、剛史は軽く会釈をして受け取った。シアター8と書かれた場所を、館内案内を見ながら確認している。

開演時間が近づいたので、トイレを済ませ、ポップコーンと飲み物を買い、館内に入った。初公開から日にちが経っているせいか、満席になっていない。

本編がスタートしても、見たいと言ってた割に、剛史は何度もあくびをし、ポップコーンを次々と口の中に放り込む。足を組み替えたり、肘をついたり、その度に里佳子の集中力が削がれる。さらに、登場人物がライフルで頭を撃ち抜かれる残酷なシーンを見るたびに、きつく瞼を閉じた。前線に駆り出された海兵隊と、周りを取り囲む家族の辛い心境を描いた戦争映画は、見終わった後味が予想以上に悪かった。


戦争映画を見たあとでは、とても楽しいお酒を飲む気にもなれないが、近くのビルにある居酒屋へと足を運んだ。土曜にもかかわらず、たいして賑わってもいない。四人掛けのテーブルに案内され、コートを脱ぎ、向い合わせて座ると、剛史はメニューを取り上げた。

「腹減ったなあ」

「あんな大きいサイズのポップコーン、ほとんどひとりで食べたのに？」

「飯食わないと、腹膨れませんよ。飲み物はサングリアですか？」

うん、と相槌を打ち、首元のストールを外した。剛史は手を挙げて店員を呼び、里佳子の首元のネックレスに目をやった。剛史は適当にオーダーを済ませ、おしぼりで手を拭くあいだ、里佳子のVネックのワンピースの首元を見つめている。

「どうかした？」

「あ、いや、なんでもないです」

「今回の舞鶴も、まあまあ遠かったでしょ？」

剛史は露骨に嫌な表情を浮かべ、かなり、と答えた。

「呉港から出港したら、呉港に帰ってくるんじゃないの？」

「俺が乗ってる艦は長期出港型ですから、普段は里佳子さんの言うとおり、そうなんです。二週間で上陸することなんか、滅多にありません。今回は舞鶴港に寄港することになって。寄港することになっても、上陸して風呂入ったら数時間で出港するんですけど、後輩の昇任試験も実施されるみたいで、今回は艦自体が休みになりました。滅多にこんなことないですけど。短期出港型だったら、あちこちに寄港しますよ。舞鶴だけじゃなく佐世保とか」

剛史が話し終えると、飲み物がテーブルに置かれた。

「かんぱーい」

軽く乾杯をすると、里佳子はグイッとサングリアを飲んだ。

「映画どうでした？　結構おもしろかったですよね」

過激な戦闘シーンが満載で、後味が悪い映画を見たことを後悔していた。

「かなり残酷だったよ。なんとも言えない気持ち」

「日本は、平和ボケしてるんですかね」

剛史は全く気にしていないようで、運ばれて来たレアのサイコロステーキを、美味しそうに頬張った。

「里佳子さんもしっかり食べて下さいよ」

「うん、それは遠慮しとく」

そう言った里佳子の箸はまだきれいなままで、サングリアを飲み干し、二杯目をオーダーした。

「怒ってます？」

「別に怒ってないよ。なんで？」

「だって、何も話してくれないから」

「そう？　あんな映画見たあとに、そんな血が滴《したた》るようなお肉、よく食べられるよね」

「だって、レアの方が柔らかくて、美味しいでしょ？」

「……」

会話が嚙み合っていなかった。

「里佳子さん、いつになく静かですよね。どうしたんですか？」

「だって、仕事のこととか根掘り葉掘り聞いて、スパイと間違われるのも嫌だもん」

「里佳子さんおもしろいな。潜水艦に乗ってるからって、生活全てが秘密なわけじゃないんですよ」

待ち合わせた時は、会釈するだけで、笑みひとつ見せないのに、一緒にいると、剛史の周りにある張りつめた空気が、じわじわと溶けていくのがわかる。

やはり単に映画を見たかったわけではなさそうだ。

「ねえ、連絡くれた時まで、ずっと艦に乗ってたんだよね。ホントに連絡できないんだ……」

「今回は短いです。だって、たった二週間ですよ」

そう言いながら、剛史は平然とした顔をしている。

「たった二週間って言っても、太陽の光も浴びられない中で、私だったら辛いなあ……。やっぱ陸での生活は良い？」

「艦の中は狭いし、風呂もないし、上陸したらホッとしますよ」

「お風呂って入れないの？」

「シャワー程度ですね。ワッチによっては、二日くらい入れない時もあるかな」

「ワッチ？」

「艦にいる時の当番みたいなものです。勤務時間帯によって1直、2直、3直って勤務が割り当てられてて。その上艦内は蒸し暑いから、気持ち悪いんですよ。水は貴重だから、髪の毛洗って、体洗って、一回で流して終わり。それは艦乗ってなくても、癖になりましたけど」

剛史の言葉に、里佳子は苦い顔をしている。

「潜水艦、って大変だね。あ、そうだ。職場の先輩の弟さんが、自衛隊員なんだって」

剛史の目が開いた。

「まさか、海自ですか？」

「ううん。陸上自衛隊だって。震災とか、災害が起きれば、家族はほったらかし。でも、先輩の弟は、家庭円満で上手くやってるらしいよ。ある程度の我慢と、割り切りができないと、自衛官と家庭を作るのは難しいんだろうね」

「潜水艦は、災害派遣はないですよ」

そうなの？　と言いながら、里佳子は残りのサラダを、全て自分の皿に取り分けた。

「潜ってたら、どうせ駆けつけてはくれないいんじゃない？」

「ええ、まあ……。鋭いですね」

「そのうち、昇任試験が終わったら、呉めがけて出港するんでしょ？　その試験、一緒に受ければ良かったのに」

「え？　俺がですか!?」

「三十いくつで幹部になる、って言ってたけど、目指せるなら目指せばいいじゃない」

「だって給料上がっても、拘束時間が増えるし……」

「時給が安くなったっていいじゃない。より一層自分を高められるステージを与えてもらえるのよ？　私は入社して八年間、毎年海外勤務の希望を出し続けたけど」

財務経理部で、異動に逃げ道を求めたわけではない。ただ、今の部署で木下や橘に育ててもらう中で、里佳子はこの会社と共に飛躍していく夢を描き始めていたのだ。

「海外に行くってことは、今より大きな責任も権限も与えられるから、まだ要望は聞いてもらえていないけど。会社の財務状況も悪いから、もう叶《かな》わないかもしれないな」

黙って里佳子の話を聞いていた剛史の口が開いた。

「俺、まだ幹部としてやって行く技術も器量も、持ち合わせていませんよ……」

「それは、上司が判断することよ」

剛史は里佳子の方を見ると、視線が重なった。里佳子の眼光は鋭く、力強かった。

「幹部としてやっていく自信を試す試験なんじゃなくて、幹部になるに値する人材かどうか試す試験でしょ」

里佳子の言葉に同意するように、剛史は何度か頷いた。

「出港しているあいだに考えてみたら？　今度はいつか知らないけど、また突然、行ってきます、って言うんでしょ」

「まだ日にちは決定してないんですが、決まればヒントくらいは」

「そんなこと言って私、軍事裁判とかにかけられるんじゃやない？」

「里佳子さんのこと、俺、信用してるから」

嬉しい言葉のはずなのに、里佳子は笑えなかった。遠距離恋愛からスタートすること。連絡もろくに取れない潜水艦乗りだということ。どこまで妥協できるだろうか。そして、そもそも人は結婚相手になるかもしれない人と、妥協して、付き合うものなのだろうか。こんな潜水艦乗りを支えていけるのだろうか。里佳子は自問自答し続けていた。

夫が出張で、実家に帰省していた愛梨は、里佳子の訪問を心から歓迎し、靴を脱ぎ揃えるのも待てないように、里佳子に大きくハグをした。

「さあ、入って！　今ね、ちょうど寝たことなのよ」

ソファの上で、生まれて間もない天使が、指をくわえて眠っていた。顔はおさるさんのようだったが、目元がなんとなく、愛梨に似ている。手土産のお菓子とお祝いを渡すと、愛梨は恐縮しながら受け取った。愛梨の母親が、愛《め》でるように赤ちゃんを両手で抱き抱え、奥の間に連れて行った。

「寝てる時だけは、天使なんだけどねえ。機嫌が悪いと、もう大変なの！」

愛梨は、ティーポットの紅茶を、なみなみとカップに注いだ。部屋には、うっとりするアールグレイの香りが広がった。里佳子が生菓子を取り分け、テーブルの真ん中には、クッキーやフィナンシェが、無造作に並べられた。

「もうすっかりお母さんの顔になったね。幸せそうで、私も嬉しいな」

「毎日大変だけど、守っていくべきものがあるから、頑張らなくっちゃって思えるよ」

「お嬢様の愛梨からは、想像できなかったよ」

「そうは言いながらも、夜泣きされると、堪んないんだけどね。仕事の方はどうなの？　最近の竹上についてのニュース、あまりいいことは聞かないけど」

愛梨に尋ねられると、里佳子の表情が曇った。

「年明けの第3四半期決算は、本当に大変なことになるかもしれない……」

クッキーを手にしようとした愛梨の手が止まる。

「大変なことって、どういうこと!?　ニュースで経営破綻間近って言ってるのって、大袈《おおげ》裟《さ》に報道してるんじゃなくて!?」

「うん……本当に、この先どうなるかわからないの」

里佳子はがっくりと肩を落とした。里佳子の表情を見ていると、竹上電工の経営状況がどれだけ深刻であるかが愛梨にも伝わってくる。里佳子を宥めるように、愛梨が話し始めた。

「里佳子はさ、優秀なんだから、どこへ行っても上手くやっていける。竹上に万が一のことがあっても、絶対大丈夫だから！　私、里佳子のこと、昔から一番近くで見てきたんだから。ね？」

テーブルの上の里佳子の手を、愛梨はぎゅっと握った。

「愛梨、ありがとう」

里佳子は自分の瞳が潤むのを感じた。

「父と兄から、うちの会社に入らないか、って打診されてるの」

「それなら、大丈夫だね。ああ、その言葉を聞いて安心したわ」

「そうは言っても、うちなんか竹上に比べたら米粒みたいな会社よ？」

愛梨は口角を上げ、全く問題ないと言うように、深く頷いた。

「竹上はグローバルな会社だし、世界中に仕事の舞台があるのよね。入社した時は、またドイツに行けたらいいなってぐらいでそれほど深く考えなかったし、会社のことも深く知らなかったけど……。そう思うと、まだ踏ん切りつかなくて……。まあそれ以前に、経営破綻の可能性もなくはないんだけど」

「里佳子自身も、まだ決めかねているんでしょ？　一夜にしてどうにかなるわけじゃないんだから、里佳子もお父さんとかお兄さんの話をゆっくり考えていったらいいんじゃない？　今すぐ答えなんか出さなくていいのよ」

　愛梨の言葉に、里佳子の肩の荷が下りた気がした。愛梨の優しさのおかげで、里佳子の心の中にすこし余裕が生まれたのだった。

「ねえ、このあいだ、見合いしたって電話で言ってたでしょ？　最近そういう話に飢えてるから、それも聞きたいんだけど！」

「ああ、うん。そう言われてもね、私、結婚がさっぱりわかんなくなっちゃった……」

「ちょっとー、里佳子らしくないんじゃない？　どうしたの？」

「それ後輩にも言われちゃった。愛梨はさ、旦那さんに満足してる？」

「里佳子みたいな一流企業じゃないし、給料、びっくりするぐらい安いのよ。父親の半分だったか、三分の一しかないんだから！」

　愛梨は乾いた声で笑いながら言った。

「それでやっていけるものなの？　あっ、失礼なこと聞いてごめん……」

「何とかなるもんよ。月五十万なら五十万の生活になるし、月二十万なら二十万の生活になるだけよ」

　愛梨の父親は、地元の優秀な開業医だ。愛梨自身も、お金の心配など全くせずに育ってきた。里佳子は、愛梨が淹れてくれた紅茶に一向に口をつけない。

「大丈夫だよ。里佳子はお利口さんだから、上手くやっていける。そういう話を私にするってことは、やっぱりいい人できたのね」

「自衛隊だよ」

里佳子が淡々と答えると、元々大きい愛梨の目が、飛び出しそうなほど見開かれた。愛梨は里佳子がこれまで付き合ってきた男性を、誰よりよく知っている。

「しかも、三つ下の潜水系公務員」

「年下の自衛官⁉　潜水系ってのも驚きだけど」

両手で抱えていたティーカップから、まだ冷め切らない紅茶がこぼれそうになるのも無視し、愛梨は前のめりになり耳を傾けた。

「この人だ！っていう、ビビビがあったわけでもないし……」

「そんなのないない！　うちだって、元々十二も離れたバイト先の上司だよ。結婚するなんて、夢にも思ってなかったわよ」

里佳子は鞄の中からネックレスを取り出すと、愛梨はそれを不思議そうに見つめる。

「二回目のデートでもらったの。お酒が回ると、会話は弾むけど、いつもどこかめんどくさそうなのよね」

「まだ子供なんだよ。男子校に十年いるようなもんなんだから。でも、その潜水系公務員と、もう三回も会ってるんでしょ？」

三回と言ったって、そんじょそこらの会社員のデートではない。お互いスケジュールを合わせるのも楽ではない上に、歩幅を合わせること自体が、そもそも難しい。

「しょっちゅう連絡も途絶える中でのデートだよ？」

里佳子は唸《うな》りながら、ケーキを突き刺したフォークを置いた。剛史は至極真面目ではあるが、いかんせん恋愛経験値が低い。人並みに恋愛をしてきた里佳子とは、テンポが全く違う。それも、里佳子が戸惑う原因のひとつだった。

「当直以外の日は連絡くれるとか、マメじゃない？　試しに付き合ってみなよ。お試しで」

そう言うと、愛梨は「これ、おいしそうだね」と、里佳子が持ってきたクッキーを選び始めた。

「新幹線で会いにくる、プレゼントをくれる、毎日連絡する、って好きってことじゃない？　二回目のデートでもらったネックレスがさ、彼の答えだと思うよ。言葉がないだけで。貴絵の口癖覚えてる？」

「男の言うことは、信用するな？」

「そう！　男の行動で評価しろ！ってやつ。評価するって、上から目線も貴絵らしいけど、今の里佳子に、ピッタリのお言葉だよ」

里佳子は愛梨とは違って、食べる手がすっかり止まっていた。

「貴絵にも話した？　何か言われたの？」

愛梨の千里眼で、里佳子の心の奥底にある小さな棘を見抜いたようだった。

〝潜水艦がエリートかどうか知らないけど、それは狭い自衛隊の世界の中だけ、しかも生きて帰ってくるとは限らないし〟

「貴絵らしいわ！　今の台詞、言ってる顔が目に浮かぶ！」

愛梨は両手を叩き、一層高い笑い声を上げた。

「二の足は、踏んでるよ。危ない仕事だし、困った時支えてもらえないし……」

「まだ何かが始まったわけじゃないよ。先のことは考えたって、仕方ないじゃない。私に相談するってことは、ある程度、腹の内も決まってるんでしょ」

里佳子はただ口を閉ざしている。

「流れに身を任せてみたらいいんじゃない？　濁流かもって思ったときは、引き返せばいいんだし。潜水系公務員が、今までの恋愛の答えなのかもよ？　元カレと比べずにさ」

里佳子の元カレは、外資系製薬会社の営業マンだった。大学病院を担当し、毎年会社から表彰されるほど、デキる男だった。

「あいつは、私からすれば人のツラ被った狸《たぬき》だったよ。思いやりも全くなかったし！　世間的なエリートでもダメなんだよ。彼も、里佳子との結婚を真剣に考えたんだと思うけど、歩み寄る素振りすら、なかったじゃない」

二年近く付き合い、向こうの両親にも紹介してもらった。だが、結婚の話が出始めた頃から、仕事を辞めろ、転勤はついて来いと言われ、仕事の帰りが遅いことなど、口うるさく説教された。重箱の隅をつつかれ、彼の舌鋒《ぜっぽう》の刃に切り刻まれて、一緒にいるのが辛くなった。

　里佳子は母に、彼について相談をしていた。母からは真っ向から反対されていたし、結局、両親に会わせることもなく、呆気なく里佳子から終止符を打ったのだった。

「前の恋愛で、臆病になったんじゃない？」

　胸の奥底で消えたはずの傷が、今になって、じくじくと痛むようだった。付き合うには途轍《とてつ》もなく労力が要るし、良いことばかりじゃない。同じ時間を共にすればするほど、ダメだとわかっていながら、相手に期待してしまう。でも、相手に将来を期待できないと、結婚へのモチベーションなんか、泡になり消えていく。結末ばかりに焦点をあてる自分にも、いつしか嫌気が差してきてしまった。

「元カレが『里佳子を試したんだよ。ごめんね』とかそう言うのを待ってたんでしょ？　俺は一流だ、っていう自負心があるから、口出しするんだよ。うちの旦那なんか、晩御飯できてなくても、怒らないもん」

「あー、会社も潰れるかもしれないのに、これから先どうなるんだろう。もういやだあ、こんなことばかり考えてるの……」

　里佳子は額を両手で覆った。

「里佳子に何かが足りないんじゃない。今がたまたま辛い時期なだけよ」

「愛梨はさ、今の旦那さんと、結婚しよう、って思った決め手はあったの？」

「私もよくわからないのよ。車で送ってもらった時にね、この人の横でずっとこうしていたい、って思っただけなの」

「それだけ？」

「それだけよ。変な感じでしょ。それより紅茶すっかり冷めてるから、おかわり淹れるね」

愛梨は、再度、ティーポットに茶葉を入れ、湯を入れて蒸らし丁寧に淹れてくれた。

「母は元カレには会ってくれなかったけど、潜水系公務員のことを話したら、いいんじゃない、って。変わった仕事だから、てっきり反対されるかと思ったけど」

「お母さんもそうおっしゃってるんだったら、呉に行けばいいじゃない？」

「えっ⁉」

里佳子の視線が固まった。

「呉がどういうところか、一度行ってみれば？　住めば都で、案外気に入るかもよ」

「私、呉まで行くの？」

「フランスからドイツまで通うんじゃないんだから。日本人みたいに、消極的に考えないの。それが里佳子の口癖だったじゃない」

「結局ニッポンジン、だからなの」

「里佳子の感性に、委ねればいいのよ。潜水艦乗ってるとか、そういうのに振り回されなくていいんだって！　楽しんでみれば？　会社も持ち直すかもしれないし」

里佳子は、その言葉がストンと落ちた気がして頷いた。

恋とは楽しいけれども、一方では苦しく辛いものだ。感情に振り回されずに、簡単な条件だけで、仕事の逃げ道のひとつとして結婚できればいいと考え始めていた時期だっただけに、愛梨の言葉で初心に戻り、胸の内が穏やかになった気がした。

「愛梨、お母さんになって、すごく素敵になった」

「里佳子も十分素敵、元カレのような馬鹿男なんか、ゴミ箱にポイ」

「ポイ、ね」

「ポイしたからって、何も残んないわけじゃないよ。形にならないだけで、里佳子は彼のおかげでたくさん成長した」

やつに出会っていなかったら、剛史の魅力には気づけなかったかもしれない。

ふと奥の間のドアがガチャリと開き、愛梨の母親が赤ん坊を抱きかかえ、小走りにキッチンへと入って来る。赤ん坊が目を覚ましたのか、大泣きをしているのだ。よしよし、と言いながら、愛梨へ赤ん坊を引き渡す。

「最近ね、愛梨が母親だと認識し始めたみたいなの。目を覚ました時に愛梨がいないと、もう大変！」

そう言いながら、赤ん坊の頬を撫でている愛梨の母親は、とても嬉しそうだった。愛梨の結婚を大反対していたあの頃が、懐かしく思えるほどだった。

里佳子は愛梨の母親につられて、にっこりと微笑む。

再び熱い紅茶が淹れられたティーカップを、里佳子は両手で包んだ。すると、じんわりと温かみが広がっていった。

その日剛史は、同僚たちと夕食を摂るため、舞鶴基地をあとにした。焼肉が食いたいと言い出したのは、見た目も小山に似つつある湯浅だった。

舞鶴港から最も近い焼き肉店へタクシーで向かい、適当に人数分注文した。皿に盛られた肉を、七輪で焼き始めてすぐ、目の前にいる普段無口で、ふっくらした体形の小山が、開口一番に発した言葉に、全員が驚嘆したのだった。

「八重《やえ》先輩、結婚するんですよね?」

「はあっ」

その場にいた全員が、揃って声を上げた。

「なんで、お前が知っとるんよ!」

聞いたのは田所だった。

「ええっ!」

小山に集中していた視線が、一斉に田所に移った。状況が読めていないのは、剛史だけではない。

「先輩、どういうことですか?」

「俺は、パート長と話しとるの見たから、あとで本人に聞いたんですよ。結婚するんですか、って。そしたら、否定しなかったから。田所先輩こそ、なんで知っとるんですか?」

「俺は……、俺も、偶然話しとるのを聞いたとよ」

八重総児《そうじ》は、同じ艦に乗船している四十歳の先輩だ。以前も八重と同じ艦だったが、八重が今の艦に転属になり、半年後、またあとを追うように剛史が転属となった。きっとこのまま結婚なんてしないだろう、と周りから噂《うわさ》されていたし、本人もそれを認めていた。元々女っ気もないし、洒落っ気もない。上陸すればひたすら「飲む、打つ、買う」、が趣味の男だった。

「八重さんも、デキ婚すか？」

大川が尋ねた。

「いや。まだ式は挙げんと、とりあえず近々入籍だけする、って言っとったよ」

大川とは違うけん、と田所が付け足した。

「長期戦の前にちゃっかり入籍するんかあ。新婚だったら、出港する気なくなるじゃろ」

そう言いながら、大川は首を横に振った。

「それが、次の長期出港から帰ったら、艦を下りるって」

「艦を下りる？　艦を下りるって、どういうことですか？」

黙っていた剛史が眉を上げながら、復唱した。

「上に無理矢理、頼み込んだって言っとった」

頼み込んだところで、そんな希望が、簡単にまかり通るものなのか、剛史は納得できなかった。

「へえ、田所先輩、そやってコソコソ聞いとったんですね」

小山は、わざと不躾《ぶしつけ》な視線を送りながら、肉が焦げ着かないよう、手際よくひっくり返していった。

「出港したら、四六時中一緒なんよ！　サブマリナーに秘密なんかあるわけなかろ。そもそもおまえがバラしたけんね！」

田所は小山が焼いていた肉を、全部自分の皿に載せた。

「あ、ちょっと！　それ、ちょうどいい食べごろじゃたのに！」

大川も納得のいく様子ではなかった。

「よっぽど強く要望したんかね？　艦下りれんなら辞めます、くらい言いよったんか？」

小山はトングを手に取り、新たに肉を焼き始め、湯浅が口を開く。

「マジですかね？　艦下りたら、手当もつかんのに」

「嫁は給料下がることわかってるんか？　結婚して、給与明細見せられて、何この安月給！とか言われんの？」

「愛し合っとるんじゃないんすか？　一時も離れとうない！って。俺も新婚の時だけはそうじゃった」

「大川は、まだ、嫁がいるだけましやけんね。うち帰って、部屋の中空っぽになっててみ？気絶するばい」

「そういえば、八重さん、舞鶴にえらい可愛い彼女いたんよ！」

大川や田所の言うことを、剛史はただ静かに聞いていた。剛史は、大川の言う女の存在を知っている。以前乗船していた艦が寄港した時に、八重の誘いを断り切れず飲みに行った、キャバクラの女の子だ。八重はとても四十には見えない二枚目で、体格もいい。独身貴族で守るものもなく、稼いだ金は、貯金せずに使い果たしていた。

八重と同じ艦に配属されて間もない頃、剛史は毎日がつまらなかった。辛い訓練を耐え抜いたものの、実際の職場は華もなく地味だった。先輩に怒られないよう、周囲と同調し、与えられた任務を遂行することが立派とは、とても思えなかった。出港すれば、日没を過ぎると艦内が真っ赤なライトに切り替わるだけ、上陸すれば、艦の充電に、貯糧品搭載など土方仕事。サブマリナーと言えば聞こえは格好いいが、乗船しようが下船しようが、乗っている艦が潜水艦なだけだった。

ただソーナー員の仕事は、やり甲斐があった。艦長や幹部、特権が与えられたものだけが入室を許される狭い部屋の中で、イヤホンを耳に嵌めた途端、別世界の扉が開く。温かいモニターを見つめれば、脂汗がじっとり出るが、この職人技には自信を持っていた。

しかし、私生活は一向に充実しなかった。官舎に帰れば、共同生活を強いられ、プライバシーが保てるはずもない。そんな愚痴を、当時、先輩である八重に漏らしたことがある。

するると、八重はあっさり言った。

「下宿しないのか？　うちのアパートの三階空いてるぞ」

冗談半分だったかもしれない。その言葉を真に受け、八重の部屋を見に行き、数日後には契約した。腰を落ち着けられる、自分だけの楽園を手に入れた気分になった。引っ越す時は一緒に荷物を運んでくれ、八重の部屋にもよく呼ばれた。朝まで酒盛りをしたり、麻雀《マージャン》をしたり、オススメのアダルトＤＶＤも貸してくれた。八重の影響でバイクも買った。

人事異動により艦が変わり、顔を合わすことが少なくなっても、八重は頼れる『人生の先輩』だった。彼は独りの生活を十分すぎるほど満喫し、マジな恋愛は苦手で、結婚自体、興味がないのだと思い込んでいた。目の前で肉を食い散らかしている連中の中で、一番親しいと思っていたのに、小山の口から自分の知らない事実がこぼれたことが、悔しかった。

飲み物のラストオーダーが告げられたが、剛史だけは、何も頼まなかった。

「艦の住環境は良くないけど、給料も良いし、この仕事は辞められねえな」

なんて言ってた人が、まさか自分よりも早く結婚を決め込むとは。

＊

陸の上では、十二月に繰り広げられる年末商戦の火蓋が切られた。立ち上がりの売れ行きが、クリスマス商戦の結果を左右することもある。財務経理部は、初旬の売り上げデータの到着を待ち望んでいた。ＰＣモニターの前で、項垂《うなだ》れる里佳子の肩を矢崎が撫でていると、新着メールを知らせるチャイムが鳴った。

「来た！」

大河内も、矢崎も慌てて椅子を移動させる。里佳子が添付ファイルをクリックすると、エクセルデータが解凍された。里佳子は、後ろのふたりをじろっと見た。ふたりは黙って頷き、里佳子の顔が、より一層モニターに近づいた。モニターいっぱいに、羅列された数字が並ぶ。

「これはまずい」

三人で目を合わせ、沈黙する。慌てて他社のＰＯＳも比較してみるが、竹上だけが取り残された結果となった。

目玉となる省エネ家電で勝負をかけたいという、経営戦略部の意向により、低迷していたスマホ事業から撤退してまで資金をかき集めたのに……。

円高が加速し、アジアの新興国の景気減速が追い打ちをかけ、輸出の売り上げも予算を達成していない。

前期の決算でも、通期予想を下方修正したにもかかわらず、目標達成に至っていない。

この数字が、年明けの第３四半期決算を左右すると思うと、三人は言葉も出なかった。

剛史に舞鶴港から出港すると言われ二週間が経っていた。こんな最悪の気分の日に、よりにもよって無事に呉港へ寄港したらしい。相変わらず、当直日以外、毎晩電話をしてくれる。

「じゃあ、日曜は空いてるんですね。映画見に行きますか？」

「私、戦争映画はもういいよ」

「じゃあ、もう十二月だし、神戸の有名なルミナリエでイルミネーションを見るとか？」

「ルミナリエねえ」

剛史と出会った時は、まだ寒くなかったはずなのに、もう十二月になろうとしているのかと思うと、どれだけ自分は仕事に没頭していたのかと、里佳子はふと我に返った。

「クリスマス感があるところがいいなら、クリスマスマーケットは？」

ドイツでは、十二月に入ると、ツリーや、それに飾り付けるオーナメントなどの装飾品を売り出すマーケットが開催される。

翌週から、梅田でも開催される予定のクリスマスマーケットに里佳子は行きたかった。

「じゃあ、クリスマスマーケット、行きましょう」

結局休日の夕方に、剛史と大阪駅で待ち合わせた。スカイビルへ到着した時には、すでにツリーが点灯しており、高層ビルの谷間を、体の芯まで凍てつくような風が、ビュウビュウと音を立てて走り、容赦なくふたりの体に吹きつける。

「さむーー！　青森もこれくらい寒い？」

「こんなもんじゃないですよ。ドカ雪で吹雪いたら前も見えないし、外にも出られませんからね、って俺の話聞いてます⁉」

マーケットに到着すると、懐かしいドイツの香り漂うお店が出店しているのを見て、里佳子はすっかり舞い上がっていた。オーナメントや、大きな綿菓子、カラフルな色のキャンドルが並び、家族連れはメリーゴーランドに揺られている。剛史にとっては、初めての世界だった。

「私、グリューワイン飲む！　どう？　飲む？　飲むよね？」

剛史が答えるよりも早く、グリューワインをふたつ注文し、お金を払った。

「ちょっと、ワイン――」

里佳子はカップを受け取るのも待てないように、剛史を残し隣のヒュッテと呼ばれる店へと消えた。剛史は両手でふたつワインを受け取ると、里佳子の姿を探した。いつもは、大人の品格、雰囲気を身に纏っている里佳子が、一転してまるで少女のように飛び回っているのが、可愛らしいと思えた。

ヒュッテの店員と里佳子は親しげに話している。剛史はちょうど空いたベンチに腰を据えた。店員がニコリと笑い、里佳子は両手でプレートを持って、剛史の横に座った。

「さっきのドイツ語ですか？」

「聞いてたの？」

「外国人のお兄さんと、親しげに話してたから」

里佳子は、独特な結び目の形に作られたプレッツェルというパンを半分に割り、大きく口を開けた。映画を見に行ったときと全く違う。里佳子の瞳には、イルミネーションの明かりが、キラキラと映っていた。

「美味しい！　食べてみて！」

青森の冬は長い。自宅にはクリスマスツリーすらなく、共働きの両親のどちらかが仕事帰りに、ファストフード店のフライドチキンを買って帰ってくれるだけだった。

剛史の育った田舎には、華やかなイルミネーションも、リースもない。里佳子とは生きてきた環境が違いすぎる。心のどこかで彼女を羨ましいと思った。

「せっかくだから、展望台まで上がろうよ！」

里佳子はグリューワインを片手に、ビルの入口へと、早足で駆けて行った。

「展望台は……勘弁して下さい」

里佳子は聞こえないフリをして、エスカレーターへと向かっている。

「俺、高所恐怖症なんで……ひとりで楽しんできたらいいじゃないですか……」

「つまんないの。深くは潜れるくせに、高いところは無理だなんて」

里佳子が拗《す》ねたように唇を尖らせ、エスカレーターを昇りきった。機嫌を直してもらうために、剛史は仕方なく、屋上の展望台まで行くことにした。

「見てー！　すっごくきれい！」

目の前には、大阪の夜景が広がっている。町の明かりを反射する雲が、強風に煽《あお》られて、ぐんぐんと流れていく。

「神戸はね、あっち側、広島はもっとあっち側」

「じゃあ、呉はもっと、向こうの――」

剛史は神戸の夜景の、向こう側を指さした。その手に、いつの間にか手袋が嵌められているのを、里佳子は見逃さなかった。

「自分だけ手袋してるー！」

「バイク乗るから手袋、必要なんですよ！　里佳子さん、手袋は？」

持ってない。里佳子はそう言ってわざと寒そうに目を細め、指先を擦り合わせて、ハァと息を吹きかけた。剛史が手袋を取り外すと、里佳子はすかさず剛史の手を握った。ずっと手袋を嵌めていた剛史の手は、驚くほどに温かった。

「あったかーい」

剛史はもう片方の手袋を外し、ポケットにしまうと、おそるおそる手を差しのべた。里佳子は、それをギュッと握りしめる。すると剛史の脈はどんどん速くなった。剛史がぎこちなく見つめると、里佳子の頬は、ワインでほんのり紅く染まっている。

「里佳子さん」

里佳子は寒さしのぎのためになんとなく剛史の手を握ってしまったものの、剛史に見つめられ、名前を呼ばれると、彼の鼓動が伝わり動けなくなった。

時間が止まったかのように、ふたりは見つめ合う。

「里佳子さん……あの」

「ん？」

周りでは恋人たちが手を繋いだり、抱き合っている。自分たちもどう見ても恋人同士に見られるだろう。自分じゃない誰かが、里佳子の手を握り、里佳子の瞳から視線を外せないでいる、そんな変な気分だった。照れ臭くて、胸がギューっと苦しくなる。剛史は、堪らない気持ちになった。

「もう……降りませんか……」

「えっ⁉」

里佳子はせっかくいい雰囲気になったのに……、と思ったが不本意にも剛史に言われるがまま、展望台をあとにした。

ぎりぎり直前にデートに誘われたので、食事はどこも予約していない。土壇場で、剛史がチョイスしたお店は、色気も雰囲気もない、ホルモン店だった。

里佳子は店の入口に呆然《ぼうぜん》と立ち尽くし、錆《さ》びた看板を見上げていた。

「……焼き肉かあ」

里佳子は、焼肉とホルモンの違いも、いまいちよくわかっていない。店内は目に染みるほど煙が充満し、男たちが膝を寄せ、肉汁をこぼしながら肉にありついている。額に汗を浮かべる人や、上着を脱ぎ、インナーシャツだけ着ている人もいる。

ここには年の瀬すら、存在しないようだった。お気に入りのコートに、焦げた脂の匂いがじわじわと染み込んでいくのを考えるだけで、里佳子は気分が萎《な》えそうになり、お酒ばかりが進んだ。

「食べてます？　箸、進んでませんけど」

「あまり脂っこいのはダメなの」

「ホルモンの方が、ビタミンとか豊富なんですよ。先輩が言ってた」

「自衛隊では、先輩は神様？　油まみれの食べ物が、体にいいわけないじゃない」

店員が、追加の赤身を、雑に机に並べた。里佳子が焼こうと思った矢先に、剛史がトングを取り上げ、網の上に次々と並べていった。

「ああ……。そんな適当に……」

油に火がつき、時々、パチパチと音を立て、炎が広がった。

「こういうのは、豪快に焼くんですよ」

うっとりするような幻想的な世界から一転して炎まみれになる。さっき見た景色はもしかしたら、幻だったのかもしれない、と里佳子は思った。

「最近、仕事はどんな感じですか？　師走だし、やっぱり忙しいですか？」

話題も一気に日常のものへ移る。里佳子は軽くため息をついてから答えた。

「休み前は忙しくなるかな。年末年始はゆっくりできるよ。潜水艦は？」

「今ちょうどドックに入ってるんで、年末年始は余裕あるかな」

「じゃあ、当分は出港はないんだね」

「年内はソーナーの音響確認なんかで、短い出港はあります。年明けたら本領発揮ってやつですね。来年いっぱいは、長期出港で忙しいと思う」

「今までも結構長かったじゃない？　二週間とか。それより長くなるの？」

「もっと長くなりますよ。だから、結婚の目処《めど》は立てられないし。式は高くつくし、しなくていいかな、って思って――」

それを聞いて里佳子の目尻は一瞬にして吊り上がった。手にしたビールジョッキを、荒々しく置く。

「えっ⁉」

剛史が何か言おうとするのを、里佳子の声が遮った。

「結婚式、しないタイプの人なの？」

「だって、式を挙げるのって何百万もかかるんですよ？　もっと有効的に使う方が、人生が豊かになると思うし。もったいないでしょ」

「も、もったいない⁉」

「ある先輩が、今度結婚するんですけど、とりあえず入籍だけして、式は今のところ挙げないって」

目の前で、メラメラと燃え盛っている牛の内臓のごとく、里佳子はまるで引火したように捲《まく》し立てた。

「ケジメをつけるために、挙げるものなの！　これから、この人に寄り添っていくんだなーとか、守るべき人ができたなあ、とか！　式を挙げないだなんて本気で言ってるの⁉」

まくし立てたあと、里佳子は行儀悪く頬杖をつき、大きなため息をついた。剛史が申しわけなさそうに、赤身をとりわけたが、里佳子は七輪の上に突き返した。

「そこまで怒らなくても……！」

「怒ってるんじゃなくて、私、しっかり焼かないと、食べられないの‼」

里佳子は、剛史の言い分をもはや聞いていられなかった。

「俺、じれったいですか？」

「じれったい」

「ふーん、そっか……」

剛史は目の前でジュウジュウと焼きあがったホルモンを箸で摑み、いくつも自分の小皿に取り分けた。

「え？　それだけ？」

里佳子は両手を突くと、七輪に顔が近づいた。

「それだけって、何がですか？」

里佳子は食べたくもないホルモンを、口の中に詰め込んだ。


剛史が満腹になったところで、店をあとにした。ふたりは、梅田の阪神電鉄のホームの前で別れた。剛史が新幹線に乗るのか、カプセルホテルに泊まるのか、里佳子はそれすら尋ねなかった。

里佳子は、ホルモンの油気にまみれたまま、マンションへと向かった。グリューワインに酔い、スカイビルの屋上から夜景を眺めた時、気分は最高だった。冷たい風に吹きつけられても、身も心も満たされて温かい気持ちだった。なのに、エレベーターで地上に戻って来ると、体の熱と一緒に、情熱も奪われてしまった気がした。

もう潮時かもしれない。

帰り道、里佳子はメッセージを送った。

――今日も、ご馳走様でした。今までどうもありがとうね。もうこれで終わりにしよう。

家に着くまでに、何度もスマホが震えたが、確認するのも億劫《おっくう》だった。すっかり酔いは醒めたのに、脱いだ靴も揃えず、ぶっきら棒にネックレスを外し、テーブルの上に放った。焼き焦げた肉と、煙草の臭いの不快感に耐え切れず、服を脱ぎ捨て、頭のてっぺんからシャワーを浴びた。

浴室には湯気が立ち込め、熱いシャワーが勢いよく降り注いでくる。ボディーソープの泡と香りが里佳子の全身を包み、ホルモンの残り香をきれいさっぱり洗い流した。密閉された鋼《はがね》の真っ黒な塊の中に乗り込み、風呂も入れない男臭い連中と、何週間も寝食を共にしたって平気な彼が、里佳子の心境の変化に気づくはずもない。

今夜の出来事が、何度も頭の中をぐるぐる回り続ける。里佳子は自分が寒くて薄暗い森の中に独り立ち、足元が悪い中、深い霧に包まれ周囲がまるで見えない状態にいるのを感じた。出会ってから三ヶ月近くも月日は流れたのに、里佳子が思っている以上に、剛史は〝何も〟考えていない。そんな宙ぶらりんな関係が、里佳子の胸の中をモヤモヤさせる。

剛史は、恋と書かれた横断幕に向かって走ってはいるが、未舗装のガタガタ道を大回りし、通過ポイントで自分を置き去りにしていると里佳子は思った。どこに置いてきたのかも、きっとわかってはいないだろう。ひとつ終われば、ひとつ始まる。どこかで終わりを告げないと、何も始まらない。やはり、自分は仕事と結婚する方がいい、里佳子はそう思ったのだった。

恋へ潜らじ

西日本に到来した大寒波のせいだろうか。里佳子は夜明け前に、寒さで目を覚ました。熱いシャワーを浴びたままベッドに潜り込んだため、ヒーターのスイッチがオフになっていた。眠い目を擦りながらコントローラーを探す。

クリスマスマーケットでドイツの懐かしい香りに浸り、ロマンティックなイルミネーションを見て、何か起こるかもしれないと期待した。貴絵の言葉を借りるなら男性にしてはいけない「期待」をした。

そして、彼に告白のラリーを送ったのに、煮え切らない態度に腹が立った。キメのひと言は剛史の口から聞きたかったし、言わせたかった。シャイな部分や、真面目で古風なところに惹かれたが、優柔不断な剛史を見て、恋愛の熱だけでなく、苛立つ気持ちもおさまり、冷静になった。

隙がない里佳子に、プレゼントを用意したり、神戸まで来たり、毎日電話をしたり、剛史なりに一生懸命だったかもしれない。だがふたりが歩み寄るテンポも、進む歩幅も、全く違った。恋愛の進め方はおろか、ルールも知らない剛史。その身勝手なルール違反を、里佳子は許すべきだったのだろうか。素直に貴絵の言うことを聞くべきだった、彼女はやはり正しかったと、自分の男を見る目のなさに、情けなくなる。

頭が覚醒し、眠いのに眠れない。ベッドから降り、スマホをアダプターに繋いだ。足の裏から伝わってくる固い床の冷たさが、より一層頭を覚醒させる。こんな時間に非常識だが、貴絵に話を聞いて欲しくなり電源を入れると、剛史から嵐のような着信と、メッセージが二通来ていた。

——どうしたんですか？　何か勘違いしてませんか？　電話に出て下さい。

もしこのまま連絡を絶ったとしても、結婚相談所の担当の姉さんから電話がかかってくるだろう、一度はきちんと話しておくべきだ、と思い直し、コールバックした。

「もしもし!?　里佳子さん、すみません！　俺、何かしたみたいで、謝ります！　やっぱり、あの店はダメでしたよね……俺が食べたいものでいい、って里佳子さん言うから、つい……」

剛史が一気にまくし立てるのを、里佳子は黙って聞いていた。

「服もクリーニングに出すし、それは別に怒ってないよ」

「他に、俺、何かしましたか？」

「ううん。何もしてない」

「気に障ることでも、言いましたか？」

「逆だよ！　その逆！　何も言わないからだよ！」

いつも以上に、里佳子の口調は激しかった。

「だって、展望台に行こう、って言い出したのは里佳子さんなのに！　俺が、そこで好きです、なんて言ったら、まるで雰囲気に流されて、言ったみたいになるじゃないですか！」

思考がついていかないままで、里佳子は眉間にめいっぱい皺を寄せた。

「ん？」

「軽い言葉は言いたくない……里佳子さんは、俺の真面目で誠実なところがすごくいい、って言ってくれたから……」

里佳子は黙って聞いた後、口を開いた。

「自分の気持ちを伝える言葉のどこが軽いの？」

彼の行動を見れば一目瞭然だった。こまめに連絡をくれているが、決定的なひと言がないだけ。その言葉さえあれば、何でも頑張れそうな気持ちになれるのに。

「結局、何も言わなかったじゃない」

「里佳子さんのこと気に入ったから、ネックレス買ったんだよ！　リボンもかけてもらって。そうじゃなきゃ、わざわざこうやって連絡取ったりしないよ」

ため口でまくしたてる剛史に、本気を感じた。

「俺の気持ちは変わってません」

気まずい空気が流れ、しばらく沈黙が続いた。そして口を開いたのは、剛史の方だった。

「告白って、どうやってしたらいいんですか？」

「はあ!?」

「どういう雰囲気でしてもらいたいのかな……って思って」

「ちょっと。そういうこと、私に聞く？　相手、間違えてるよ！」

「俺は、里佳子さんと違って、比較対照する人がいないんですよ！　俺、ちゃんと女の人と付き合ったことなんかないし！」

付き合うのに「ちゃんと」や「適当」などあるのだろうか。

「電話じゃなくて、会って話がしたいんです。クリスマス、本当は、食事にでも誘いたかったんですが、俺も当直で……」

剛史はあろうことか、今年も当直に割り当てられていた。いつもは心置きなく交代してくれる先輩や同僚でさえも、一年に一回しかないビッグイベントともなれば、剛史に代わってくれるはずもない。付き合っている彼女がいるわけでもないのだから。

クリスマスまで何日もない。当然、どこも混み合っているだろう。暦の都合も相まって、今年の年末は社内規定により休みが長かった。年末までに仕上げておかないといけない仕事は山のようにある。休みが多いということは、その分時間がないということだし、締め日は決して待ってはくれない。

「里佳子さん……お願いします。一度、会ってください」

里佳子は、不器用すぎる剛史に何も言えなくなった。

「神戸まで行きますから」

彼は毎回、遠く離れた広島からはるばる新幹線で通ってくれた。そして、照れながらもプレゼントをくれた。不器用ではあるが、誠実であることには間違いない。そんな彼の良い面を再び思い出し、里佳子は「わかった」と返事をした。

＊

「陣、二十四日当直おめでとう」

翌朝、艦へ向かう剛史に、後ろから走ってついてきた大川が、しらじらしく言った。

「別に当直でもいいよ。里佳子さんとは、年末に会うことになったし」

剛史は負けじと言った。

「みかちゃんも大事じゃけど、娘にサンタさんがプレゼント持って来てくれるんよー、なんて言ったから。俺も今回は、パパにならんとなあ」

「みかちゃんって誰だよ？」

大川は意味深に、ふふん、と鼻で笑い、小走りに剛史を追い越していった。

「おい！　奥さんの名前、みかちゃんじゃないだろ！」

基地で服を着替え、大川に次いでハッチを降りると、人ひとりほどしか通れない通路に田所が立っていた。

「よう」

「おはようございます」

「これ、俺からのクリスマスプレゼント」

田所がくれた本には『恋愛初心者マークの君へ』と書かれていた。

「お前にピッタリの題名よ！　なかなかいい本やろ？　俺が見繕ってきてやったんよ」

結婚生活さえ上手くいっていないふたりに馬鹿にされ、剛史はムッとしながら、渋々受け取った。周りの先輩や後輩に見られるのが嫌で、居住区のベッドの引き出しへいったんはしまったものの、もう一度手に取り、その恋愛の攻略本をパラパラとめくった。

『付き合うということは、男女間での契約です』

艦内のゴム製の床のせいで、背後に田所と大川が近づいていることさえ、気がつかなかった。

大川がいつの間にかやってきて、剛史の手元をのぞき込んでいる。

「びっくりした！　いったい何ですか!?」

「何回デート誘っとるんよ！　さっさと告りんさい」

大川がそういうと、剛史は本を閉じ、引き出しに押し込んだ。剛史は、背中をベッドにピタリとくっつけ、田所を見る。

「告白って……どうしたらいいんですか？」

「告白？　素直に好きです、でよかよ」

「そんなこともできんけえ、陣は今まで、誰とも付き合えんのですよー」

「ああ、そうか。じゃあ、花束でも渡しんしゃい」

サブマリナーの田所が結婚できたのは、剛史とは桁違いの恋愛偏差値だからだ。

「ちょっと大袈裟すぎませんか？」

「お前、一回フラれとるんよ。わかっとるん？」

朝から偉そうな大川の態度に、剛史の顔も徐々に歪む。

「フラれてないよ。別に、告白したわけじゃない」

「お前、会わん方がええ、ってフラれたってことじゃけ！　一から十まで説明させせんなー」

剛史は意味がわかっていないのか、目が泳いでいる。田所がフラれたんよ、と両手で剛史の肩を握り、ガクガクと震わせた。

「クジラ同士の愛の言葉は、ソーナーでもわかるんじゃけどね」

大川の言葉が、より一層剛史の胸にささる。

「優しい人じゃね。何度もチャンスを与えてくれて。恋愛に、仕切り直しはないんよ」

「ああ……そうか……」

情けない声で呟いたかと思うと、両手で頭を抱え、床に向かって項垂れた。

サブマリナーは選ばれし者だという自信が、剛史にはあった。しかし、里佳子には通用せず、たまにそれが苦しくなって、猛烈な不安に苛《さいな》まれる。こんな仕事は、理解してもらえるのだろうか。いや、仕事の前にそもそも自分自身が問題なのかもしれない。

サブマリナーの世界は、あまりにも狭く小さい。その世界に甘んじていたのは自分だった。どこかで、里佳子に拒否されていないことで安心していたのだ。前進しなくとも、里佳子との心地いい関係が続くなら、このままでいいと胡坐《あぐら》をかき、里佳子の優しさに慢心していたのだ。

出会ったのは、結婚相談所だ。結婚を前提に付き合える相手を探してくれるところ。なのに、剛史は駒を進められなかった。

＊

竹上電工は、クリスマス商戦の結果が恐ろしいほどに芳しくなく、里佳子は仕事納めまで、毎日営業の売り上げデータを睨んでいた。第3四半期の決算スケジュールを組み立て、部長の木下はもちろん、橘を含めた各課から人員が経営戦略会議に駆り出され、恒常的な人手不足に陥っている。財務経理部のメンツも、息も絶え絶えに、フロアを走り回っていた。

連日の激務に、里佳子の下瞼は窪《くぼ》み、表情から持ち前の笑みは薄れていた。そして、二十四日の夜、十一時を回った頃に、剛史から電話がかかってきた。

「メリークリスマス」

「クリスマスは二十五日だから、一日早いよ」

苦笑いしている剛史の様子が、里佳子にも伝わった。

「次のデートなんですが、二十九日はどうですか？」

また、待ち合わせ場所や時間、晩御飯の場所まで決めさせられるのかと思うと、答える声がくぐもる。ところが、今回のデートは違った。

「ゆっくり食事ができればと思って。七時にインペリアルホテルのロビーで」

どうやら剛史は、今回初めてきちんとレストランも予約したようだった。想定外の剛史の行動は、里佳子に好感を与える。


運がいいのか悪いのか、デート当日は朝から大雪だった。前日に、竹上電工は年内の仕事を全て終え、財務経理部も一部を除き休暇に入り、今日が出勤日でなくて良かった、と里佳子は安堵《あんど》した。

お気に入りのワンピースに体をねじ込み、メイクも入念に仕上げた。パフュームを首元に吹きかけ、等身大のミラーの前に立つ。ホテルディナーを予約してくれたことに心が躍り、里佳子は玄関のドアを勢いよく開けた。

外に出ると身を切るように凍てついた風が、容赦なく吹きつけた。靴はボーナスで買ったルブタンを履いてきたのはいいが、溶けた雪に泥が入り混じり、道路はグズグズになっている。里佳子のように、ストッキングにハイヒールを履いて歩いている馬鹿なんか、どこにもいない。

特別なデート仕様に作り上げた自分の意気込みが、今にも足元から音を立てて崩れそうになり、里佳子は慌ててタクシーに飛び乗った。ラッキーなことに、乗り場にいた最後のタクシーをつかまえることができた。

近畿地方に到来した寒波のせいで、交通は麻痺した状態に等しい。タクシーに乗り込むと、里佳子が過ごしたドイツの風景を思い出した。帰国して八年。剛史も、純白の雪景色の中で育ったのだろう、と彼の姿が頭をよぎった。タクシーの窓に触れた指先が次第に冷たくなるのにも構わず、里佳子は飽きもせず、夜空から舞い降りる雪を眺めていた。

結局、道路混雑で予定より三十分も遅れてホテルに着いた。

『一階のカフェで待ってます』という剛史のメッセージは、『ロビーで待ってる』へと変わっていた。クリスマスでどこも混雑しているのだろう。ホテルのエントランスに着くと、足早にタクシーを降り、コツコツと、早いテンポでロビーへと向かった。年末の人混みに圧倒され、剛史の姿が見つからず、スマホの通話ボタンを押した。

「もしもし？」

「本当にごめんなさい……！　今、ロビーに着いたんだけど、どの辺りにいるの？」

「俺もロビーにいるんですけど、里佳子さんどこ？」

「正面玄関を入ったところなの」

「待って、すぐ行きます」

見つけた、微《かす》かにそう聞こえた気がした。

「ごめん、よく聞こえないんだけど！」

大きめの声で話したが、スマホの画面を見ると、既に通話が終了されていた。

「どこにいるんだろう」

すると、人混みを掻き分け、向かってくる剛史を見つけた。ジャケットを着て、グレーのストライプのシャツを着ている。大した男前でもないが、スラリと伸びた背、引き締まった体格に、鋭い眼差しは、今日の剛史の男度をグッと上げていた。

「ごめんね！　本当にごめんなさい！　早めに出たつもりなんだけど――」

目の前で両手を合わせるも、剛史の反応はいつもどおりに薄い。怒らせてしまったのだろうか。

「……本当にごめんね」

「いや、その……、今日は里佳子さん、いつもの感じじゃないな、って思って」

そう言うと、剛史は鼻の頭を掻き、照れ笑いをした。その表情を見て、里佳子も、同じように照れ臭くなった。

「そっちだって」

「うん。じゃあ、行きましょうか」

剛史は、エレベーターホールに向かって進み始めた。

「ねえ、エスコートしてくれる？」

里佳子が右手を差し出すと、剛史は戸惑った。

「エスコート？　えっと、うん……喜んで」

剛史が予約したのは、ホテルの上層階にあるフレンチレストランだった。窓際の席にキャンドルが灯っている。剛史は、何種類もあるサングリアのメニューも見せてくれたが、今回はお互いシャンパンを選んだ。

アペタイザーから始まり、メインに牛フィレ肉のソテーが出てきたが、里佳子の分は確認されることもなく、しっかりウェルダンに焼かれていた。

「ねえ、艦の料理はおいしい？」

「贅沢品が出ないだけで普通ですよ」

「何の料理が一番美味しいの？」

剛史は右手を顎に当て、真剣に考えている。

「ステーキが出る時もあって嬉しいんですけど、やっぱカレーかな」

「カレー？」

「はい。金曜のカレーだけは、わざわざ食べに艦に来る人もいるし。同僚も、奥さんが作ったカレーよりも美味しいって」

料理がさほど得意でない里佳子は、良からぬ話題へ切り替わりそうで、ふーんとだけ答えた。

「このお店気に入ってもらえました？」

「うん、今まで一緒に行ったお店の中で、料理も雰囲気も一番気に入った！」

「この間のお店は、本当にごめんなさい」

「ホルモンがダメってわけじゃないの。なんか、いろいろ……」

剛史は伏し目がちに頷いた。

デザートのブリュレが運ばれてくると、剛史はトイレに行くと言って席を離れた。里佳子は自分の姿が映ったガラス窓を眺めている。

雪はやみ、周りを見渡すと、カップルが多く、何人かはギフトバッグを携えている。ネクタイでもプレゼントすれば良かったかもしれないと、里佳子は少し後悔した。出港や当直に遮られそうになりながら、何回デートできただろう。今日も、いつもどおりの他愛もない会話。また梯子を外されるだろう、と予防線を張っていた。

しかし、席に戻ってきた剛史の手には、小さな花束が携えられていた。剛史の表情は、酒が入っているのに、引き締まっている。

「俺、会った時から、気持ち、変わってません」

あの時と同じ、鋭い目をしている。三歳という現実的な年の差が、彼のあどけなさを強調させるが、今までにないほどに、真剣な口振りだった。

「里佳子さんは、モテると思う。付き合った人も、俺より……優秀だと思う。サブマリナーなんて世界で一番わがままだけど、上陸した時は、誰よりも深い愛情を注ぐつもりです」

初めて剛史の口から、剛史の言葉で、剛史の気持ちを知った。里佳子は、ただ見守るような表情で見つめていた。

「好きです……俺と付き合って下さい！」

痺《しび》れるスピーチだった。ハグしたかったが、また拒まれるのも恥ずかしいので、黙って大きく頷いた。すると、剛史は顔をくしゃくしゃにして笑い、里佳子に花束を渡した。

「どうもありがとう」

はにかむ剛史に、里佳子はやはり思い切ってニコリと笑い、ハグをした。

「あっ、あの、だからこういうのダメですって！」

周りの客の中には、パラパラと拍手を送ってくれる人もいた。剛史は照れながら、そろそろと里佳子の背中に手を伸ばした。

結婚相談所に入会したものの、条件のぶつかり合いで、妥協点を探れば負ける気がした。燃えるような恋愛は、もうできないだろう、と里佳子はどこかで腐っていた。だからこそ、最初の一歩が踏み出せず戸惑っていた。しかし、剛史が先に、遠距離というハードルを軽々と飛び越えてやってきたので、里佳子はどんどん剛史の世界に浸かっていくことができた。

店を出る頃、雪はすっかりやみ、新神戸駅までゆっくり歩いた。

「今日からもう敬語やめてもいい？」

「付き合うんだから、いいんじゃない？」

すると、剛史ははにかんだ顔をした。

「ねえ、付き合うってどういうことだと思う？」

「契約みたいなもんかな？」

里佳子は吹き出した。

「なんで笑うんですか！」

「それも先輩に言われたの？」

「先輩に言われたわけじゃないけど……先輩にもらった本に書いてあったんで」

里佳子は声を上げて笑う。でも、そんな素朴な剛史が良いと思えた。

「そうだよ！　ちゃんと本に書いてたんだから！」

里佳子はまた吹き出した。なんだかこんなやり取りも幸せに思えて笑いが止まらない。

「今度その本貸してよ」

「やだよ！」

手は繋がなかったが、剛史は手袋を貸してくれた。

彼なりに試行錯誤を繰り返し、考えに考えた結果ならば、不器用でも、不釣り合いでも構わない。至らなくとも許せるのは、剛史だからかもしれない。

里佳子は、サイズの合わない手袋を嵌めた両手を、嬉しそうに見つめていた。

＊

田所は、艦の居住区を片付けていた。下着やシャツが無造作に詰められたベッドの下の引き出しを、丁寧に並び替えている。田所の下にベッドがある大川は、カーテンを開けたまま仰向けに寝転がり、少年漫画雑誌を読んでいた。

大川を横目に、剛史は田所に話しかけた。

「先輩、俺、幹部候補生試験を受けようかなって考えてるんですけど」

「ええっ⁉　陣、本気で言っとるん⁉」

田所は手を止め、剛史に向き直って、話し始めた。

「給料も変わらんのに、上司にコキ使われるんよ？　それだけじゃなく、部下からは愚痴ばっかりこぼされるし。もうちょっとしっかり考えんと！」

するると、一番下のベッドで話を聞いていた大川がのそのそと出てきた。

「陣、俺も、幹部になるんを考えとって……」

「ええっ⁉」

剛史と田所の大きな声に、湯浅と小山も様子を見にきた。どのみち、サブマリナーの間に秘密などない。

「大川も本気で言っとるんか？」

「はい。また、子供ができたんすよ」

「そうか！　良かったじゃないか！　おめでとう」

剛史は自分のことのように喜び、大川を祝福した。見ていた湯浅と小山も、祝いの言葉を述べる。

「生活費嵩むし、俺の小遣いも減るし、幹部になっとったら、定年もちょっとだけ伸びるじゃろ。俺たち、民間と違って、五十過ぎたら嫌でも定年になるんじゃけ」

大川は剛史の横に並び顔を上げた。剛史は嬉しそうに、大川の肩を叩いた。

「大川、一緒に頑張ろうな」

田所は、ふたりの様子を見ながら、大きくため息をつき、再び自分の布団を整理し始めた。

「幹部の試験受けるのに、陣はなんでそんなに余裕なん」

涼しい顔をしている剛史に、田所が手を止めて尋ねた。

「土曜の夜のこと、聞かせろ。上手くいったと？」

「ええ、まあ。そうですね……」

「おお！　そうか！」

微笑む剛史の様子を見て、田所は振り返り、剛史の肩を強く叩いた。避けようとした肩が、小山のむっちりした腕にぶつかって跳ね返る。

「陣、ホントに良かったな」

大川も剛史を祝福すると、後ろで小山と湯浅が目を合わせニヤついている。ベッドの横にある収納庫の扉を開き、洗面用具を片付けていた田所は、ふと口を開いた。

「俺は、陣が羨ましい」

「俺ですか？」

「彼女、仕事を受け入れてくれるけん、陣と付き合ってくれるんやろ？　その大人の度量の深さが羨ましかばい」

田所はベッドに背を向けると、再び話し始めた。

「俺、出港の度に、嫁と喧嘩したんよ。独身の時は結婚したかったけん、平凡な家庭とか、待っててくれる家族が欲しいと思っとった。でもな、結婚したら、自由はなくなる。二度と戻ってこん。責任を負うだけの器量なんてないし、俺はこのまんまずっと艦に乗って、給料もらうので精いっぱいや。陣には応援してくれる人がいて、陣も彼女に応えようとするんは、俺には真似できんけん、羨ましいんよ」

田所の正直な胸の内を聞くと、剛史は複雑な気持ちになった。


田所は荷物をまとめ、ひと足先に艦をあとにした。年末年始は故郷へ帰る者、下宿先で休む者、知人と会う者、それぞれが待ち望んでいた休暇を過ごすため、でかい潜水艦《クジラ》をあとにする。

休暇に入る者を見送ると、ソーナー室に入り、神器であるモニターを丁寧に拭き始めた。剛史自体は、まだ一人前のソーナー員ではないが、幹部になることに腹を決めると、自然と背筋が伸びる気がする。

ふとモニターに、剛史のドルフィンバッチが反射した。潜水艦に乗る者だけが手にすることを許されるバッチを、剛史は撫でた。田所の言葉を聞くと、自分の出した答えが正解なのか不安になってきたのだった。

剛史がソーナー員として配属された当初、優秀であるから自分が選ばれたのだと、思い上がっていた。そして、しばらくすると、艦の雑音を聞き分ける聴音訓練が始まった。耳に自信はなかったが、形にならない音を鉛筆で線になぞらえ、ノートに細かくメモしていった。

聴音は職人技でもあるのだが、剛史にとっては周波数分析を行うことの方が苦手だったのだ。他国の潜水艦の信号を解析し、識別していくのだが、何度行っても上司との判別とは食い違う。

敵か味方かも聞き分けられないようでは、ソーナー員になどなれない。

魚雷の発射の管制を行うのが水測科であるため、ソーナー員が艦全体の生き残りを担っている。一向にその技術が上達しなかった剛史は、ソーナー室で幾度となく叱られ、涙を飲んできたのだ。

剛史はそんな過去の苦い経験を思い返していた。それでも、年が明けたら、上官に幹部昇進を希望することを告げる意志は、ほぼ決まっていた。

＊

竹上電工の年明けは、暗い売上データから幕が明けた。仕事初めの日に、橘は顔面を両手で押さえ、尋常ではない落胆ぶりを表していた。木下は里佳子たちに背を向け、窓ガラスから、真っ暗な街を眺めている。

木下は、次期決算の数字が真っ赤に染まることを宣言し、今年の中国地方の監査担当は里佳子と矢崎で、里佳子を監査マネージャーに任命したのだ。木下は、仕事に関する橘流のDNAが、里佳子に流れていることに確信を持っている。決算スケジュールが同時に組まれ、ホワイトボードに貼り出されると、皆覚悟を決め、デスクについた。

仕事初めの夜、いつものとおり、剛史から電話がかかってきた。

「実は、急遽《きゅうきょ》出張になってね。水曜日から金曜まで広島に行くことになったの」

「広島？　広島のどこ？　市内？　なんでもっと早く、言ってくれないんだよ」

「今日わかったことなの。それに、夜は接待があるし……」

苛立つ剛史の声に、潜水艦のスケジュールだって言えないくせに！と腹の底から、言い返しそうになった。

「俺、市内まで行くよ。だから少しだけでも会えたらいいな」

監査が終われば、チームで飲みに行くのが習慣だ。会う約束はできない。宿泊先のビジネスホテルの名前だけ伝えた。

「遅くてもいいよ。バイクで行くから」

宿泊先のホテルへ来るということは……と、いろんな妄想が頭の中を駆け巡った。出張先で、ついに、剛史と一線を超えるのだろうか？　だが里佳子は絶食系男子をも超えた、潜水系男子と、未だ起きぬ先のことよりも、目前の出張の荷造りに精を出した。

翌朝七時に、矢崎は監査項目がぎっしり詰まったファイルを片手に、里佳子が来るより早く、新神戸駅の新幹線乗り場に到着していた。里佳子は首元にカシミヤのマフラーを巻き、寒さに震えながら改札口へと向かっている。

里佳子の姿を見つけた矢崎が、人目も気にせず手を振った。

「里佳子先輩！」

里佳子は恥ずかしそうに、小走りに改札口へと向かう。

「里佳子先輩！　おはようございます！」

「おはよう……なんでそんなにテンション上がってるのよ……。まだ七時ちょっと過ぎじゃない……！」

里佳子は腕時計に目をやる。

「いやあ、今日から広島ですからねえ！」

矢崎は今回の出張監査を、小旅行と勘違いしているようにも思えた。

新幹線の車内で、里佳子は会社のPCを起動し、中国地域管内の固定資産の減価償却リストを開いている。今回訪問する工場は、売却の候補に挙がっている。監査のことを考えると、里佳子の神経に緊張が走った。

「里佳子先輩！　初日のランチは、この店にしません？　二日目はここかなあ。里佳子先輩は、広島初めてですか？」

「うん、初めて。あ、私、金曜の夜は延泊するから」

パソコンのモニターを横目に、里佳子は矢崎に答えた。

「去年、橘さんに同行した仙台での監査。あの時は、本当に扱《しご》かれましたよ。子会社が決算の一部を粉飾してたの、俺見逃しちゃったから」

今回の監査責任者は里佳子だ。どんな小さなミスも見過ごすことはできない。里佳子は一瞬、ＰＣのモニターから視線を外した。

「今年は里佳子先輩に同行できるなんて、ちょっと運命感じちゃうなあ。俺も今のうちに延泊の予約入れておこう」

「ちょっとー。現地に行ってもしっかり仕事してよー」

「仕事はしっかりするんで！　時間があったら、市内観光とかしたいなー」

気の抜けた矢崎の態度に、ＰＣを睨んでいた里佳子の集中力も途切れてしまった。ふと車窓をのぞくと、窓には自分の顔が映っており、新幹線は長いトンネルの中を走行していた。

「そういえば、今どのあたり？」

「今はまだ岡山に入ったところですよ」

「そっか、まだ岡山にいるんだ」

仕事だからだろうか。思った以上に、広島までの道のりは長かった。剛史はこの距離を、平気な顔をして毎度会いにきてくれている、と里佳子は改めて気がついたのだった。

　里佳子は窓の縁に手を当て、ぽつんと呟いた。

「広島って、遠いね」

　恒例の監査行脚を、橘が教えてくれたように、スマートに適格に、システマティックにこなしていく。

　経費の水増しが行われていないか、マニュアルどおりに施策が実行されているのか、運用状況の検証と評価を行い、収支報告と照らし合わせていく。

　里佳子が初めて責任者を全うした監査は、終盤に差し掛かり、監査に関わった担当者数名が、安堵の表情を浮かべながら胸を撫で下ろした。

　そして、監査は全て終了し、最終日の夜を迎えることになった。里佳子と矢崎は、接待という名の宴席に参加した。先方が用意してくれた接待の場は、落ち着いた割烹料理のお店だった。

　掘りごたつがある座敷で、床の間まであしらわれている。

　工場の担当者たちは、やや白髪とカラスの足跡が目立つ四十代ぐらいだろうか。年の近い橘よりも、うんと老けて見えた。

「谷原主任、お疲れ様でございました。わざわざ広島までお越しくださいまして、大変恐縮でございます」

　そう言いながら、里佳子と矢崎のグラスにビールをなみなみと注いでいく。

「いえいえ、とんでもございません。今回は橘が同行いたしませんで、私自身不安な点も多かったんですが」

張りつめていた里佳子の神経も体力も、限界に近づいていた。次期決算を思えば、もうこんな待遇を受けられるのは、今回が最後かもしれない、里佳子はそう思いながら、注いでくれるビールを受けた。

「いえ、谷原さんもたいそう立派になられまして。橘さん、谷原さん、そして、矢崎さん、とこれからの竹上電工の背負われるわけですから」

「どうも、ありがとうございます」

会話の合間を縫って、こっそり剛史にメッセージだけ入れておいた。

――昨日も一昨日も会えなくてごめんね。今日も打ち上げだから、無理かも。

その場にいた全員のグラスにビールが注がれると、担当者が里佳子に乾杯の発声を依頼した。

「皆さま、連日に渡る監査にお付き合いくださいまして、本当にお疲れ様でございました。乾杯！」

「かんぱーい」

そう言うと、里佳子と矢崎はグラスを空け、担当者がまたビールを注ぐ。

「あの、巷《ちまた》では竹上電工が減収減益と報道されておりますが……私共も、大変心配しておりまして……」

里佳子にとっては、一番答えたくない質問だった。橘なら、何と答えるだろうか、と一瞬里佳子の返事に間が空く。

「はい、実際、経営状況が芳しくないことは事実です。しかし、弊社の経営陣も、打開策を講じておりますので、過度なご心配は――」

「ああ、そうですか！　いや、ニュースなんかを見てますとね、もう、毎日気が気ではないんですよ。株価も連日下がったままですし」

「ええ。おっしゃるとおりです。一時的に経営難に直面することはありますが、スマート家電の発売に向けた展開にも、大いに期待できるかと」

「そうですか。敏腕の橘さんがいらっしゃる会社だから、谷原さんも、矢崎さんも当然優秀でしょうし、そんな精鋭メンバーが支える会社ですからねー。マスコミが勝手に、赤字だー倒産だーとか言ってるだけですよねえ。安心しました」

それからも、竹上の今後について、マシンガンのように問い詰められる。橘のような、毅然とした態度で答えられるよう必死だった。一方の矢崎も他の担当者に竹上の展望について聞かれるたびに眉根を寄せ、いつも以上に飲むペースが速かった。

最終日ということもあって、矢崎が羽目を外すのではないかと里佳子は気が気ではなかった。

しかし、ようやく監査が終わったことで、張り詰めていた緊張の糸が緩み、矢崎が羽目を外す以前に、自分が潰れてしまう予感がしていた。

そして、鞄へ入れたままのスマホの通知ランプが、何度もチカチカと光る。どうせ剛史だ。それを見る余裕もなく、里佳子はトイレに立つ。

「すみません、失礼します……」

里佳子が立ち上がった途端、アルコールを含んだ血液が一気に全身を巡り、軽度の眩暈《めまい》に襲われた。

ややよろめいたが、平気そうな顔をして個室をあとにした。化粧室へは壁を伝いながら向かった。

「これじゃあ、剛史に会うどころじゃないわ……」

化粧室の鏡に映った里佳子の顔は、たった数日で、ずいぶん老けたような気がする。


そして、夜も更けたところで、宴席は幕を閉じたのだった。ホテルまでさほど離れていないので、タクシーを呼んでもらい、店の外で担当者と挨拶が交わされる。

「できあがりましたら、報告書を送付致しますので」

里佳子は、言ったことは正確に覚えているが、矢崎とタクシーに乗り込んだ途端、酔いが回り、目の前が真っ暗になった。

窓越しに担当者に会釈するのが、やっとだった。

「ロイヤルホテルまでお願いします」

矢崎が行先を告げると、運転手が聞き取れないほどの声で、返事したような気がした。

「里佳子先輩、大丈夫ですか？」

こんな近くでふたりきりになったことはないが、同じ部署で毎日嫌でも顔を突き合わせている。矢崎は後輩以外の何者でもない。ホテルのエントランスに近づき、矢崎が運転手にお金を払い、領収書をもらう間に車から降りようとすると、矢崎が腕を掴んで離さなかった。

「矢崎、大丈夫よ、あたしちゃんと歩けるから……」

ホテルの入口付近から、誰かがこちらへ歩いてくるのが、ぼんやりと見えた。

「何言ってんすか！　足元フッラフラですよ。先輩、ちょっと待っててください！」

タクシーのドアが自動的に開くと、里佳子はのろのろと降りた。

「ちょっと待って、先輩、鞄持ちますんで！」

「里佳子さん？」

見上げると、剛史だった。

「里佳子さん、大丈夫？」

里佳子に遅れて下車した矢崎が声を上げた。

「里佳子先輩、もしかして！　こいつ、潜水系男子!?」

剛史は矢崎に気づくと、簡単に挨拶をした。

「はじめまして、陣野と申します」

はっきりそう伝えると、里佳子の鞄を取り上げ、顔をのぞき込んだ。剛史は、矢崎の首に絡められた里佳子の腕を解き、自分の肩に掛けると、ひょいとおぶったのだった。

「ご心配お掛け致しました。失礼致します」

矢崎は、ぽかんと口を開けていた。剛史の堂々とした姿に、呆気なく打ち負かされた。

「あれが潜水系……男子」

剛史はエレベーターを降り、部屋の前まで来ると、里佳子を担いだまま、鞄からルームキーを取り出し、鍵を開けた。

「気持ちわる……」

「里佳子さん、飲みすぎだよ」

剛史はバックパックをソファに置き、里佳子をベッドに座らせた。部屋にあったペットボトルの水をグラスに注ぎ、里佳子に持たせた。連日、酒量が底なしの矢崎に付き合い、最終日には気が抜け、いつも以上に酒が回っていた。

「水を飲めば、良くなるから」

里佳子は相槌もままならず、言われるがまま水を飲み干した。剛史はスーツのジャケットを脱がせ、ベッドカバーを捲ると、里佳子を横たえる。剛史はくしゃくしゃっと、里佳子の頭を撫でた。里佳子は柔らかい枕に顔を埋めると、あっという間に、襲い来る眠気に飲み込まれてしまった。

「里佳子さん？　大丈夫？　里佳子さん？」

遠くで剛史の声が聞こえたような気がしたが、答える間もなく、眠りの海へと沈められた。

どれくらい時間が経っただろうか。ブラインドの隙間から、太陽の光が差し込んでいる。目を開けると、剛史のバックパックはなく、全く人の気配がしない。里佳子が起き上がった、その時だった。

「おはよう」

「ぎゃあっ！」

悲鳴に似た素っ頓狂な声を上げると、里佳子はセミダブルベッドの上でとび跳ねた。

「そんなに驚かなくても」

剛史はホテルのクローゼットに置かれていた、予備のブランケットを床に敷き、それにくるまって寝ていたのだ。里佳子はベッドから剛史を見下ろした。目はパッチリを見開かれ、頭の後ろで腕を組んで里佳子を見上げていた。バックパックを枕にして眠っていたらしい。

「おはよ」

もう一度、里佳子に挨拶をするが、寝起きの里佳子は、まだ状況を把握できずにいる。

「里佳子さん、イビキかかないんだね」

「は？」

「俺もかかないよ。パイロットもサブマリナーも、鼻に疾患がある人は乗れないから」

デリカシーがない言葉で、目が覚める。衣服は多少乱れてはいるが、シャツのボタンは、上から二番目までだけが開かれていた。

「何もしてないよ」

察したかのように、剛史が答えた。

「寝込みを襲ったり、お酒の力借りるなんて、卑怯だろ」

里佳子が思わず笑うと、上半身を起こしてまた言う。

「だって、大事なことだろ？」

「そうだね」

「男だからもちろん……。でも、里佳子さんがＯＫのサインをくれるまでは、待つから」

里佳子は声を堪《こら》えて、含み笑いをした。

「なんで笑ってるんだよ」

「潜水艦乗りなんて鈍感だから、私のサインなんか、わかんないんじゃない？」

「ひでえなあ」

里佳子は笑いながらベッドから立ち上がり、カーテンを開けた。

「今日天気いいしさ、少し出かけようよ。里佳子さん、今日は土曜だし、あとは神戸に帰るだけでしょ？」

「いいねー。広島案内してくれる？」

剛史は眩《まぶ》しそうに、もちろん、と答えた。

「少しだけツーリングしようよ」

剛史が前のめりになり、バイクに跨《またが》る仕草をすると、里佳子の顔からは嫌悪感が滲み出ていた。

「どんなバイク？」

「隼《はやぶさ》っていうスズキのバイク」

「一月だよ？　凍えるよ」

「だから少しだけ。里佳子さんと、行きたいところがあるんだ」

楽しそうにしている剛史の表情を見ると、里佳子はすんなりと承諾した。


ホテルのラウンジで朝食を摂り、矢崎に電話をして、別々に帰ることを告げると、バイクの後部に乗った。天気は比較的雲が少なく、快晴ではあるが差し込む光はか弱く、極寒に変わりない。

「また、自分だけ手袋嵌めるんだー」

「素手でグリップ、握れないよ」

里佳子にヘルメットを被せ、ストラップを締めた。剛史も慣れた手つきでヘルメットを被り、バイクに跨りキーを回す。

「ねえ、ポケットに手入れてもいい？」

「……」

剛史は照れているのか返事をしないので、里佳子は黙って後ろから両手を回し、剛史のダウンジャケットのポケットに突っ込んだ。

剛史はグリップを捻《ひね》ると、真っ向から風を受け、緩やかなカーブを描きながらバイクを走らせていく。里佳子は数分で寒さの限界を感じながら、剛史の背中から、都会の景色を見送った。

「あの白いアパートが俺の住んでる所」

そう言うと、里佳子の返事を待たずに再びグリップを捻る。四、五分走るとまたフルフェイスが里佳子の方を向いた。

「あれ見て」

後部で寒さに震えていた里佳子は、剛史にそう言われ、初めて顔を上げた。

「これ潜水艦!?」

交差点を挟んで向かい側に、大きな潜水艦のモニュメントが現れた。剛史は期待どおりの里佳子の反応が嬉しいのか、ふふんと鼻で笑った。

「ここは、〝てつのくじら館〟っていう、海上自衛隊の歴史を紹介する博物館なんだ」

里佳子は口を開けたまま、まじまじと見つめている。

「行きたいところ、ってここなの?」

「いや、違う。本物を見に行こう」

里佳子の返事も待たずに、剛史は再びグリップを回した。

バイクの振動に揺られ、赤煉瓦《れんが》の建物の並びを抜けていく。まるで、ドイツの大学構内に佇む教会を彷彿《ほうふつ》とさせる。

海岸沿いにある遊歩道で剛史は黙ってバイクを止め、ヘルメットを脱いだ。里佳子もつられてバイクを降り、ヘルメットを脱ぐ。

潮風がなびく小さな街で、一歩踏み出すたびに、身に纏った鎧《よろい》を一枚ずつ脱いだような気がした。剛史は自分のバックパックを背負い、ヘルメットを片付けると、剛史は遊歩道を歩き始めた。剛史の背中越しに、大きな護衛艦のようなものが見えた。

「ねえ、あれ何？」

剛史は口元に笑みを浮かべ、無言で里佳子について来るよう手招きをした。

公園の植え込みを抜けると、里佳子が目にしたのは、真っ黒な塊だった。

里佳子は立ち止まった。

「あれ、本物の潜水艦？」

「そうだよ」

濡れた黒いゴムの塊だ。二列に二隻ずつ並び、太いロープがかけられ、艦には梯子のようなものが掛かっている。旭日旗《きょくじつき》が風になびき、ハッチには、緑のシートが被せられていた。青色の作業着を着た乗組員が、艦の背中を行き来していた。

「俺の艦はあれ。右にある艦の甲板から、歩いて渡っていくんだ」

艦とのあいだに係留された緩衝材が、波の上にゆらゆらと浮かぶ。

「これが噂の、わがままな乗り物ね」

里佳子は、広がる海をただ眺めている。出港中、全ての生活が行えるだけあって、思った以上に大きかった。剛史は、目の前にある真っ黒な塊に乗り込み、何ヶ月も拘束されるかと思うと、自分が甘っちょろく思えた。自らの命を危険にさらし、剛史は国防という、重圧と共に闘っている。剛史がいるのは、理解を超えた別世界で、自分が付き合っている潜水艦乗りのことを他人事だと思っていたのかもしれない。たった今、別世界のハッチが開き、里佳子は、新しい空気に触れられた気がした。

神戸の海も、呉の海も、海はいつでもひとつに繋がっているのに、潮の香りも、海の色も違う。何故そう感じたのか、自分でもわからない。

里佳子は、艦に導かれるように、潮で錆びたベンチに腰かけた。

「近くにカフェがあるんだけど、もう少し、ここにいる？」

里佳子は黙って頷いた。

「わかった。寒いから、なんか買ってくる」

ベンチに腰かける里佳子の後ろ姿を確認する。

「寒い、って嫌がってたのにな」

目の前に広がる海は、里佳子から沸々と湧き出てくる想いを汲み取り、浄化していくようだった。このままここで死んでも、何も変わらず波は寄せては引き返す。自分がどれほどに小さい存在なのかを、知らしめられた。

竹上電工から内定をもらった時、周りから祝福され、自分自身が誇らしかったのに、天下の竹上は今、嵐の中の泥船だ。いい会社に入り、稼ぐ男と付き合っても、他人の物差しで測られた幸せでは、自分は満たされなかった。

企業という、巨大な集団の中に一度飲み込まれると、〝自分〟という意識が薄くなっていくのを、里佳子は感じていた。周りに同調しながら、自分らしさを失った気がした。薄っぺらい上っ面を被り、踊っていたのは自分だった。脇目も振らず突き進んで来た三十年が無駄に思え、里佳子は、自分は辛かったんだ、ということに今気がついた。

カフェラテをふたつ携えた剛史は、斜め後ろから里佳子を見つめた。里佳子はそっと下を向いたかと思うと、涙をぬぐっている。彼女は自ら多くを語らない。海にだけ、正直に語りかけている様子の里佳子を思うと、切ない気持ちになった。

剛史は里佳子の横に腰かけた。里佳子は、軽く鼻を啜《すす》る。

「月末には、また忙しくなる」

剛史もまた、海を見つめている。

「突然いなくなるのって、嫌だろ？」

里佳子は、顔を上げた。

「ううん。今に始まったことじゃない。だから大丈夫」

剛史は、里佳子に向き直った。剛史に手渡されたカフェラテを、両手で受け取った。

「クジラってさ、エコーロケーションって言う、超音波を使うんだ」

「エコーロケーション？」

思わず里佳子は聞き返す。

「何百キロも遠く離れても、意思疎通できる」

「イルカはエコーロケーションって使わないの？」

「イルカ？　イルカも使うよ」

「じゃあ、剛史はイルカね」

「クジラじゃなくて？」

「うん。クジラよりも機敏に泳ぐもの」

剛史には、里佳子の言っていることの意図が読めないようだった。

「ホントに鈍感よね。中距離だ、って言いながら、広島から神戸まで戸惑うことなく泳いできてくれたじゃない」

「ああ！　そういうことか！」

そう言うと、剛史は歯を見せて笑った。

「剛史はイルカなんだから。それに、ソーナーだって使えるでしょ？」

里佳子の黒い瞳が、ピタリと剛史の顔を捉える。自分の歩幅に合わせて歩んでくれる、里佳子の姿勢が嬉しかった。

「そうだな。水中にいる方が、音は聞き取りやすいんだ。だから、どんなノイズだって、聞き逃さなさい」

「聞き逃したら、許さないんだからね」

里佳子は、外国人みたいにウインクをした。剛史は辺りを見回してから、里佳子の頬にキスをした。剛史は里佳子に向き直ると、表情を引き締めた。

ふたりは顔を近づけ、クシャッと笑った。

潜水艦、誰にも知られず神戸港へ

「おはようございます」

初めて監査の大役を任された里佳子は、広島で無事業務を終えたため、すがすがしい気分で席についた。

「矢崎おはよー、監査お疲れさま」

デスクの足元に鞄を置きながら、矢崎へ声をかけた。

「持ち帰り資料を簡単にまとめたら、橘さんに確認してもらってね」

「もう、まとめてあります！」

「いつの間に仕上げたの？　仕事、早くなったね」

先に出社していた橘が、椅子に座ったままパーティションから首を出し、聞いたぞ、と里佳子に小声で言った。

「あの陣野ってやつ、何なんですか？　里佳子先輩にベタベタして」

ブツブツと文句を言う矢崎を横目に、里佳子は苦笑いをしながらＰＣの電源を入れる。

「ホントにあんなのと、付き合ってくんですか!?」

「谷原なら上手くやっていけると思うよ」

「ちょっとー、橘さんまで、適当なこと言っちゃいけないですよ。今焦ったら、ホントに変な男、摑むだけ。都合悪くなったら、出港だ、とか適当なこと言って。先輩が風邪引いて熱出したって、看病ひとつしてくれないんですよ？」

里佳子が一番引っかかっているポイントを、矢崎はざっくりと抉《えぐ》った。

「結局、出港ってのが、やつらの言い訳なんすよ。わかってます？」

「う、うん……」

「安保法案だって可決されたのに、戦争につまみ出されたら、骨になって帰ってくるんすよ。いや、骨も見つかんないだろうな」

里佳子が矢崎に言い負かされている様子を、橘と大河内は、パーティションから首を出して聞いていた。里佳子は渋々と頷いたが、矢崎は憤懣《ふんまん》やるかたないといった様子で、デスクトップの電源を叩いた。


新聞大手の経済面で、竹上電工の第3四半期決算予想は、厳しい評価が下されていた。決算発表は秒読みを迎え、連日に及ぶミーティングが行われている。広島の出張から帰って来てからは、剛史の当直の都合もあり、一度も会えていない。普通の彼氏彼女なら、合鍵を交換し合い、愛を育む段階に移っている時期のはずだが、剛史の性格と広島までのお互いの距離が邪魔をして、望むべくもなかった。

デスクの時計は既に二十三時を回り、いつもの顔ぶれが、書類の山と格闘している。長時間、ＰＣのモニターを睨みつけ、里佳子の目はウサギのように赤くなり、空になった目薬が机上に転がっていた。剛史から二件の不在着信と『神戸行くよ』とだけメッセージが来ていた。今月は一度しか会えなかったことをたぶん気にして、足を運んでくれようとする心意気に、里佳子は表情を緩めた。

——ふたさんさんまる。仕事終わり。いつ来るの？

自衛官と付き合っていくことに、少しずつ自覚を持ち、里佳子からも剛史へと歩み寄り始めた。母を始め、橘や愛梨の言葉で、剛史にしかない良さを認められるように、里佳子が変わり始めていたのだった。

会社のエントランスを出たところで、メッセージを送ると、すぐに電話が鳴った。

「お疲れ。木曜なのに、今日は遅かったんだ」

「決算まで、日にち残ってないからね」

「そっか。明日なんだけど、出港になった」

会える、と期待したせいで、里佳子の疲れは一気に倍増した。潜水艦乗りと付き合う大変さを、改めて実感した。

「そうなんだ……」

ついに剛史は長い出港を迎える。里佳子は背筋を正し、覚悟を決めた。

「長くなるんでしょ？　体だけは気をつけてね」

「仕事で、神戸港まで行くんだよ」

「どういうこと？」

いつもは、仕事のことは何も言えない、と言っていたはずの剛史から、意外なことを聞いた。

「スクリューの塗料が剝がれて、音響装置にノイズが発生するんだ。それで、急遽ドックに入るらしい。私服持って行け、って言われたから、上陸したら、休みもらえると思うんだけど、会えるよね？」

嬉しくない長期出港は、延期になり、里佳子は少しホッとした。剛史が神戸まで来るのは嬉しいが、いつ陸の上にいるのかは、どうせ教えてもらえない。

「いつ、入港するかわからないでしょ？」

「それは言えないよ。でも、せっかく神戸まで行くんだから、時間くらい作れない？」

里佳子は忙殺寸前に詰まったスケジュールを見返すと、大きくため息をついた。仕事の内容を詳しく言えないのはお互い様だが、剛史の都合ばかりに合わせるのが当たり前、という態度は頭にくる。

だが、そんな彼の不器用な部分も含め剛史なのだからと、自分を無理矢理納得させ、時間を作ることを了承した。

＊

剛史を乗せた艦は港を出る。土曜に入港するのは里佳子がいる街、神戸港だ。少しずつ、里佳子への距離が近づいているかと思うと、少し心の底が温かくなる。

シャワールームは誰も使用しておらず、寝る前に運よくシャワーを浴びることができ、三段ベッドの真ん中に身を屈めた。呉港で、里佳子と何枚も写真を撮った。そして、恋人として、初めて一緒に撮った写真をプリントアウトしておいた。スマホが回収ボックスに入れられたとしても、これならいつでも里佳子の顔を思い出すことができる。潜水艦を背景に、歯を見せて笑っている一枚を見てニヤける。どの写真よりも、気に入っていた。

＊

里佳子は、自分の恋人が誰にも知られずに、ひっそり潜り、まもなく神戸へ来るのだという実感が湧かない。仕事の合間を縫い、スマホを確認するが、前のメッセージすら読まれていない。

「里佳子先輩、また音信不通なんすか？　こんな情報社会なのに、連絡できねえとか、マジ終わってますよ！」

「ホント、そうだよねー。出港上等っ！」

＊

竹上電工のオフィスでは、業績悪化により、ピリピリした険悪な雰囲気が漂う一方、剛史は神戸港のすぐ近くにある、造船会社の社員寮へ荷物を運んだ。小山、湯浅、そして転属してきた加藤との四人部屋になった。

その夜、スマホを片手に、田所が剛史の部屋に入って来た。

「陣の名前なかったけど、土曜行かんの？」

「俺は行きません」

呉を出港する前から、田所は小山たちを誘い、嫁のいない神戸で街コンへ行くことを予定していたのだ。

「付き合い悪いな。夜の飯は来んね？」

「はい、それは行きます」

「彼女も来ると？」

「なるべく早く仕事を終える、とは言ってたんですが」

「土曜って、民間も休みじゃなかと？」

「休める時もあるみたいなんですが、出勤するみたいで。先輩は飯行きますよね？」

「俺？　街コンも、飯も両方行くんよ」

「両方って……。それ、まずくないんですか？」

「何がマズいん。今は別居しよるけん。楽しく自己紹介するだけ」

「大川は来るんですか？」

「あいつは申し込んどらんかった。みかちゃんとデートじゃなかと？」

「会うんですか⁉」

「三ノ宮で会うって言っとったよ？」

幹部になるための試験を一緒に受けると言っていたはずの大川が、妻以外の女と浮気をしているのだ。そこまで落ちぶれたと思うと、情けなくなった。

「あ、そうだ。加藤さんも一緒に休暇を過ごす相手がいないって言っとったから、一応誘った。構わん？」

「あ、はい」

加藤とはまだあまり口を聞いたこともないので、気心もわからなかったが、先輩の命令には歯向かえなかった。

そして、他の隊員は休暇を前に、社員寮でさんざん酒盛りをし、布団にも入らずに眠るものもいる。当分はここで集団生活を強いられるのは歓迎できないが、里佳子がすぐ近くにいる、と感じるだけで、心が弾み、なかなか眠りにつけなかった。

結局、剛史が時間を空けろと言い張るので、里佳子は土曜の休日出勤の帰りに、会う約束を交わした。財務経理部には、ほとんどのメンツがまだ残っているというのも気がひけたが、会える時間も、頻度も普通の人よりずっと少ない、そう剛史に言われると、ぐうの音も出ない。

更衣室でよそ行きのメイクを仕上げ、逃げるように、俯き加減でオフィスを抜けようとすると、矢崎が廊下に立ちふさがった。

「今日はぁ、可愛さ、五割増しですねえー」

皮肉めいた台詞をサラリとかわし、素早くエレベーターホールへ向かった。

会社を出ると、小雨が降り出していた。近くで待っていた剛史に店の場所を尋ねると、チェーン居酒屋だった。〝彼女〟になった途端、雑な扱いに変わった気がする。

駅に着く頃には、雨足がより一層強くなっていたが、剛史は傘を持っていなかった。里佳子の傘に半分入った剛史の上着も、里佳子のコートの裾も濡れてしまった。

「今日は仕事終わるの、早かったんだね」

視線が、合わない。

「うん。そりゃ、早く切り上げるよ。ねえ、何かあったの？」

「へ？　ああ、着いたら話すよ」

何か様子が違っていることが、剛史の態度に表れていた。店に着けば、何を打ち明けられるのだろう。せっかく剛史に会えたのにもかかわらず、あまり気分が上がらなかった。

なんとなくぎこちない空気のまま、剛史に促されて居酒屋の暖簾《のれん》をくぐり、奥の間へ向かった。

「陣さん、来た！」

「陣！　こっち！」

奥の席から剛史の名を呼ぶ声がする。怪訝そうに見ると、何人もの坊主頭がこちらを見ている。全員私服ではあるものの、短く整髪された頭を見て、剛史の同僚だとすぐにわかった。

「こういうことね」

右手を挙げ、軽く挨拶する剛史は、バツが悪いのか一層里佳子と目を合わせない。

「どうしても、って言われて……。ごめん」

「それならそうと言ってくれればいいのに」

「忙しそうだったし、言えば会ってくれない、って思って」

里佳子は剛史に促され、普通に挨拶をした。

「こんばんは。谷原です。はじめまして」

「こんばんは！」

次々と挨拶の声が重なり、全員が揃って、里佳子と剛史を奥に通そうと席を立った。男たちは、既に飲み始めていたようで、食べ散らかされている皿には、油が浮いたような揚げ物の残骸があった。

里佳子が一番奥に座り、その横に剛史が並んで座った。

目の前のずんぐりした風貌が湯浅、その横のマシュマロのようにふわっとした体型の男が小山、そのふたりと並んでいるせいか、端に座る二枚目の田所と、剛史の横に座った加藤が、より一層引き立って見えた。その中でも、剛史の顔は整っている方だと思った。

「里佳子さん、ここ、サングリアないんだけど」

「私、生でいいよ」

ふたりのやり取りを聞いて、眼鏡をかけた湯浅が話し始めた。

「陣さん、彼女と仲いいっスね。俺、羨ましいッスよ」

彼はもう既に茹で上がったじゃがいもみたいに、頬は赤くなり、目を潤ませていた。坊主頭で、腹が出ているが、首から上は高校生ぐらいの幼い感じがした。他の同僚も、ニヤニヤしながら里佳子を品定めするように見入っている。

「写真とは感じが違うけど、これが本物か」

「頭良さそうで、さすが年上の女性」

「俺も彼女ほしい」

「めっちゃ良い匂いがするー」

みんな話し方も、敬語の使い方すら知らない子供にしか見えない。剛史は、どこまで自分たちのことを説明しているのだろうか。里佳子の戸惑いなどまるで気づかないように、里佳子に食事を取り分けている。

「湯浅くんでしたっけ？　いくつなんですか？」

湯浅は見るからに年下だったので、里佳子の方から話しかけた。

「今年二十二です」

唐揚げを口に運び、音を立てて咀嚼《そしゃく》しながら答えた。所作や行動があどけない。剛史の後輩だと思えば、可愛い弟のように思えた。

「みなさん、潜水艦に元々乗りたかったの？」

「はいっ。なんかエリートみたいじゃないスか」

代弁するのは、すっかり酔っぱらっている湯浅だった。自ら望んで、わざわざ自ら志願して、太陽の光も届かず、ドロドロに汚れた空気を吸う職場を選んだわけを聞きたかった。

「訓練も凄く大変でしょ？」

全員が、深く頷いた。

「よく辞めようって思わなかったね」

湯浅は里佳子に褒められ、照れている。里佳子の持ち前の明るさに救われ、ようやく剛史からも、笑みがこぼれた。

「辞めても、仕事探すのも大変なんで。給料も他の隊員よりは、まだましなんです」

「ふうん、そうなんだ。昨日、上陸したんでしょ？　皆さんお揃いで、休みは何して過ごしたの？」

剛史が何かを言いかけたが、里佳子は湯浅に向けて問いかけた。

「今日は、自衛官限定のお見合いパーティーがあったんですよ。それに、みんなで参加したんですが、見事惨敗で——」

〝お見合いパーティー〟という言葉が出た時、里佳子の目よりも、剛史の目の方が大きく見開かれた。

「里佳子さん、違う。聞いてください。俺は行ってない」

「カップリングしていたら、今頃熱い夜だったんですけどね。意外に小山さんが、アプローチされてて、俺びっくりした！」

「俺が潜水艦に乗ってる、って言った途端に、態度が変わった。それまで、軽蔑するような目で見てたのに」

小山は里佳子を目の前に、いつもより食べるペースが緩やかだ。

「ふうん。新しい出会いが、ほしかったんだー」

「だから、行ってないって！」

「艦に乗ってたら、彼女欲しくても出会いがねえし」

「みんな未婚なんだ」

「俺は、結婚してます」

と端で手を挙げたのは、田所だった。

「結婚してるのに⁉　婚活パーティー行くの⁉」

自分の先輩にため口で話す里佳子に、剛史は気まずさを感じた。年齢からすると、田所は里佳子の後輩になる。

その田所は約二年前、些細な事で夫婦喧嘩をした後、蟠《わだかま》りを抱えたまま出港を迎えた。

二ヶ月近い航海を終え、家に帰ると家族はおろか、家財道具さえもなくなり、リビングの床に、離婚届だけが置かれていたのだと言う。

きないのだ。

「いい女が現れれば、心置きなくサインしてやりますよ」

橘も離婚はしているものの、子供の成長を考え、定期的に子供に会っている。父親を知らずに育つのはかわいそうだから、と言うが、彼らは父親の背中さえも、見せることができないのだ。

「他の先輩なんか、女買いに行っとる人もいます。それより、いいんじゃないスか？」

湯浅が突拍子もないことを言いだし、里佳子は口を付けていたビールをこぼした。剛史が慌てて、おしぼりを手渡す。

「財布に十万も入っとったのに、足りんとか言って、陣さん、お金貸しとりましたよね？」

湯浅の言葉に、剛史は一切視線を合わせない。里佳子は、頭から角が生えた般若のような形相になっていた。

「里佳子さん、待って……その人、俺より年上だし、上官だし……。ごめん……」

里佳子はグーパンチで剛史の額を、小突く真似をした。

「そりゃ、独身でお金使うこともなかったら、まあ仕方ないかもしれないけどさ――」

「独身じゃない！」

「既婚者!?」

里佳子の声が、より一層甲高くなった。

「サブマリナーなんて、こんなもんス。女の話ばっか」

剛史は、伏し目がちになっている。その時、空気を読んだのか、小山が話題を変えた。

「あの、里佳子さんって、めっちゃ優秀なんですね。兄も竹上電工なんですよ」

剛史は、箸を持つ手を止め顔を上げた。

「そうなんだ。図体のデカい会社だからね。お兄さんって、技術職？」

「そうです。大学院で情報工学の研究やって、今はシステムエンジニアやってます」

「SEだったら建物が違うから、社員食堂とかで会ってるかもね」

小山は、嬉しそうに話を続けた。

「ボーナス、すごいもらえるんすよね」

「竹上って、いくらぐらいもらえるんですか？」

金の話に、加藤が首を突っ込んだ。

「兄ちゃんに聞いたら、二百万近くもらってた」

「二百万!?」

その言葉に、全員が声を上げた。

「技術屋は、給与がいいのよ」

「竹上電工って、電池とか電球とか売ってる会社だと思ってた」

湯浅の言葉に、反論しない剛史を見ると、彼も思っていたに違いない。

「竹上電工って、日本を代表する総合家電メーカーですよね」

そう言いながら、加藤は里佳子に視線を合わせた。剛史を挟んで里佳子も軽く頷く。

「まあ、白物家電のシェアは高いかな」

剛史の横に座る加藤は、それまで愛想笑いひとつせず、不機嫌なのだと思っていた。

「俺も学生の頃就活しましたけど、竹上はエントリーシートで落とされましたよ」

そこで里佳子ははたと気づいた。大学を卒業しているということは、剛史よりも年上ということになる。そう考えてみると、剛史よりも先輩に見えるような気がする。

里佳子は席につく全員を年下だと思い込み、横柄な態度を取っていたことに気づく。

「みんな剛史に敬語だったから、てっきりお若いのかと思って……。失礼しました」

「だって、序列は俺の方が上だよ」

剛史の言葉に、加藤の眉がピクリと動く。

「序列が上でも、加藤さんの方が年上なんだから、そこは立てないと」

そう言うと、加藤は「いえいえ」と言いながら手を振り、続けた。

「どうして、陣さんなんですか？」

「そういうのやめろよ」

剛史は強い口調で加藤に言うと、里佳子は申し訳なさそうに加藤に頭を下げた。序列が上であれば、年下であっても偉そうな口をきく、超縦社会を見せつけられた気がした。

「里佳子さんも、くだらない話に、反応しなくていい」

「照れてるーーーっ！」

里佳子がはしゃぎながら剛史の頬っぺたをつねる。小山と湯浅も、里佳子の真似をして、お互いのほっぺたをつねりあっていた。

「海上自衛官の彼氏でいいんですか？　他にもっといい仕事の男、たくさんいるんじゃないですか？」

加藤の突然の宣戦布告だったが、剛史は応じない。剛史は、鈍感なサブマリナーで、加藤から零れ出る挑発に気づいていないだけだろう、と里佳子はその時は、気にも留めなかった。

「里佳子さんみたいな彼女だったら、俺、出港したくねえ。ベッドんとこの壁に、写真貼り付けとく」

小山の下品な言葉の連続に、バツが悪そうなのは剛史だった。

「出港しとる時って全然連絡できんので、船乗りって心配なんスよね。可愛い嫁と結婚したら、航海中浮気されそうで」

湯浅がそう言うと、田所が「嫁が可愛くなくて、悪かったな！」と彼の足を蹴った。男子校にいるみたいで、里佳子は楽しいが、剛史の取り皿を見ると、料理に全く手がつけられていない。

「全然食べてないよね？　どうしたの？」

「また出港があるから、体重減らしておかないと」

潜水艦の食事は予算枠が大きく、比較的おいしい食事が提供されるらしい。艦内は狭く、運動量も制限されるため太りやすいのだそうだ。剛史は陸にいる時に食事を制限し、体重をコントロールするのだという。

「陣さん、米も食わんのですよ。小山さんが、陣さんの分の米まで食べちゃうくらいで」

「里佳子さんも、もっと太ったほうがいいよ」

そういうと、剛史の皿に載せられていた唐揚げが、里佳子のもとに戻ってきた。

「陣は太ってないですからね。こいつらなんか、ぶよぶよなのに」

田所はそう言うと、湯浅のお腹を指でつついた。

「陣さんの六つに割れた腹筋！　やっぱそこもポイント高いんスか？」

湯浅が目を輝かせながら、里佳子に尋ねる。

「どうなんだろ。腹筋割れてるの？　裸見たことないもん」

そのひと言に、周りが一斉に興味を示した。その時ようやく、里佳子は、彼らが何を知りたいのか気がついた。

「私たち、寝てないよ。キスもしてない」

あっさり自分たちの恋愛事情を、職場の人間に包み隠さず話してしまう里佳子に、剛史は返す言葉がなかった。

「そしたら、付き合ってないのと、同じじゃないですか？」

しかし、加藤の言葉を聞いて、嫌悪感を剝き出しにしたのは剛史だった。

「……なんだって？」

低い声だ。鋭い眼光で加藤を睨みつける。剛史は、不穏な空気を感じた周りに宥められ、ぬるくなった生ビールを一気に飲み干した。

「すみません。言いすぎました」

加藤が剛史へ詫びた。

「自衛隊って、超が付くほど縦社会なんだね」

剛史は黙ってコクッと頷く。後輩には偉そうに反駁《はんばく》しても、里佳子には従順だ。

「付き合うって、加藤さんにとったら何なの？」

里佳子は加藤に尋ねた。

「手繋いでデートして、愛を語ったり、それから……」

「そう、そういうことでしょ？　寝る権利をもらうことが、付き合うってことじゃない」

先ほどまで下品な会話をしていたくせに、周りの自衛官はピタッと口を塞いだ。

「比べるものでもないよ。何回目のデートで何がどうとか」

恋愛経験値が低く、肝心なことは何も言えない剛史に苛立つが、里佳子はそれでも彼が、純粋で清らかな心の持ち主だとわかっている。

「思うところはあるけど、お互いのペースでいいんじゃない」

剛史は、上目遣いになり、黙って頷いた。

「じゃ、俺たち邪魔者は、そろそろ帰らんと」

しばらくたった頃、田所が荷物を纏め始めた。

「もう帰るの？　まだ九時だよ？」

「宿舎は門限が十時なんだよ。門限過ぎたら、入れてもらえない」

「早く帰らんと、風呂も入れてもらえんのですよ。陣は、里佳子さんとこですよね？」

田所がニヤニヤしながら里佳子に尋ねた。

「え？　私、聞いてないけど？」

「そのうち長い出港があるとですから、泊めてやってくださいよー」

田所の言葉を聞かなかったように、「俺、会計行ってくる」、そう言うと剛史は逃げるように席を離れた。小山が上着を着ながら、会話を続けた。

「こないだ、陣さんのベッドの電気つけっぱなしになってたから、俺、カーテン開けて覗いたんですよ。そしたら、写真持ったまんま――」

小山も、笑うのを堪えている。

「そうそう、カーテン開けたら里佳子さんの写真二、三枚ぐらい握っとったよなあ」

既に一緒に撮った写真をプリントして、手元に持っているらしい。

「ほっぺたを、こうやって撮っとるやつ」

湯浅と小山が、ほっぺたを引っつける仕草をしている。そんな酔っぱらいの小芝居が、可愛いかった。

「会計終わった。里佳子さんの分は、俺が出すから。何ニヤついてるの？」

ううん、と里佳子は適当に返事をし、戻ってきた剛史は各自からお金を徴収していた。

店を出ると、同僚たちが夜の大通りで、酔いに任せ騒ぎ立てていた。

「やっベー！　さみーよ！」

「なんで、上着持ってこねーんだよ」

剛史と里佳子は、何歩か後ろからついて行った。

「里佳子さん、寒くない？」

「うん、大丈夫。出会った時は、こんなに寒くなかったのに」

「上陸したら、季節が変わる。知らぬ間に取り残されてた、ってことに気づくんだ」

里佳子は、剛史の顔色を窺いながら歩いた。

「外の世界と遮断されてるあいだに、人の気持ちも変わっちゃうのかな」

凍《い》てつくような冷たさに変わりつつある風が、ふたりの横顔に吹きつける。

「加藤さん、里佳子さんのこと、気に入ってたね」

「え？」

「ずっと褒めてた。俺より断然いい男だよな。大学出てるし、身長も一八〇超えてるし、それに――」

「つーよーしー」

そう言うと、通りの真ん中で、剛史を思い切り抱きしめた。

「ちょっと、里佳子さん！」

前方を歩いてた同僚達が、一斉にこちらを向き、離れた所で、冷やかし声を上げている。

「私、酔っぱらってるのかな。やめた方がいい？」

剛史が、微かに首を横に振った振動が、里佳子に伝わってくる。里佳子は剛史の方を向き直ると口を開いた。

「加藤さんの言うことなんか、気にしなくていいよ」

「ううん。俺が子供っぽいんだ……きっと」

剛史も心地よく、幸せな気持ちになり、満たされた。

「今日……泊まっていい？」

その言葉に対する返事の代わりに、剛史にぎゅっとしがみついた。

「おい！　陣！　いつまでやってんだよ！」

里佳子と剛史は遠くの方で、声を上げる田所に気がつき、足早に追いかけていった。


玄関を開けると、家族や友達の写真立てや、フレグランスが置かれていた。里佳子の部屋はドアを開けただけで、ハイセンスな香りが漂い、いくつかのハイヒールが整然と並ぶ玄関に剛史は圧倒されてしまう。

「どうぞ」

里佳子はスタスタと廊下を抜け、キッチンの電気をつけた。里佳子は鞄をソファの脇へ置くと、洗面所に消えた。ひとり住まいには十分な、1LDKの部屋だった。シンクには、飲みかけのマグカップがひとつ置かれている。小さめの白いソファの前に、グレーのラグが敷かれ、剛史の家より、大きいテレビが置かれていた。

「あ、今から洗濯したいから、先にお風呂入ってくれる？」

シャワールームから、里佳子の声が響いてきた。

「え!?　風呂!?」

「朝入るタイプなら、それでいいけど」

「あ、いや。うん、じゃあ、入る」

剛史は、バックパックに着替えを詰めてきており、元々どこかに泊まる予定だったようだ。


里佳子は乾いた洗濯物を取り入れていると、数分で、剛史がシャワールームから出て来た。水を潤沢に使えないサブマリナーのあまりの風呂の早さに驚きつつ、つけていなかったテレビのリモコンを剛史へ渡す。剛史に紅茶を入れ、適当にお菓子をまとめ、机の上に置いた。

「そんなに早く、ちゃんと洗えた？　じゃあ、私も入ろっと」

そう言うと、お掃除ロボを起動し、シャワールームへ消えた。剛史はテレビのチャンネルを何度も変え、足元を這いずり回るお掃除ロボに目をやる。スマホを見ると、同僚からのグループメッセージが大量に溜まっていたが、返事もせず、バックパックにしまい込んだ。

ソファの横に脱がれた、小さく可愛いスリッパが、無理矢理にでも、女性の部屋にいることを感じさせる。里佳子の未だ見ぬ世界へ足を踏み込み、剛史の緊張感は高まっていた。

シャワールームで物音がする度に、視線が動く。

しばらくすると、部屋着に着替え、濡れた髪のままのスッピンの里佳子が、リビングへ入ってきた。

「ちょっと!! なんて格好してんの!?」

剛史はとっさに、背もたれにしていたクッションで、自分の顔を隠した。里佳子は裸足でペタペタと冷蔵庫の前へ行き、グラスを持って、剛史の横に座る。

「何なの！ その格好は!?」

里佳子は、キャミソールに短パンという格好だった。

「そんなの着て寝たら、風邪引くよ！」

「青森じゃないし、ヒーター入ってるんだから、風邪なんか引かないよ。寝る時に厚着すると安眠できないもん。嫌なの？」

「い、嫌じゃないよ。ただ、見てられないっていうか……」

「ふうん」

「あ、そういう意味じゃなくて……。過激というか……」

無言で、剛史を見つめると、顔を隠したクッションが、徐々に下がってくる。

「ごめん。そんなんじゃないよ……」

「そんなんじゃなかったら、何？」

上目遣いで里佳子が見つめる。すると、剛史の唇がうっすら開いて、里佳子へと近づく。触れるようで、触れなかった。剛史は軽々と里佳子を抱え上げ、寝室へと向かった。

「え⁉　いきなり？」

掛け布団をめくり、枕の位置に合わせ、里佳子を横たえた。

「俺」

剛史の顔がぐっと近づき、里佳子と同じシャンプーの香りが漂ってくる。

「先輩に背中押されたからとか、成り行きでとかしたくない。軽い男だって思われたくないから！」

里佳子は、目も口も、大きく開けている。

「じゃあ、おやすみ」

そう言うと、里佳子の横に寝転んで、布団を被った。すると、五分もしないうちに、スゥスゥと寝息が聞こえてきた。どうやら完全に眠っているようだ。

「マジか……！」

剛史と寝たいわけではない。ただ、付き合ってもキスもしないとは、自分によっぽど魅力がないのだろうか。据え膳を食わない男が、今付き合っている彼氏だ。

潜水艦、年下、遠距離……初めてだらけだった。彼は堂々と、汗と泥にまみれた自衛官ブーツで、里佳子のテリトリーを踏み荒らす。剛史と一緒にいると、大人の女を演じる必要もなければ、背伸びをする必要もない。

里佳子のベッドの隅で、狭い艦の寝床で眠るように小さくなっている。こんな穏やかな表情をしている剛史は、バルブの操作を間違えるだけで、乗組員の命を危険に晒す鋼鉄の塊に乗る。そんなことを考えていると、剛史と同じく、眠りの渦に引き込まれていった。

剛史はアラームが鳴ると吸い寄せられるようにスイッチを押し、布団から起き上がった。里佳子はアラームに気づかず、横で寝息を立てている。布団から大きくはみ出た里佳子の腕をそっと摑んで、掛け布団の中で優しく包みこんだ。

剛史が起き上がった時の振動が、ベッドのスプリングを通して、微かに里佳子の体に響いて来た。寝室のドアは全く音が立てられずに、閉まった気がする。寝ぼけているのだろうか。

里佳子は微睡《まどろ》みながら、剛史が寝ていたベッドのところまで足を伸ばすと、まだ温かみがあった。枕元の目覚まし時計を見るとまだ八時になっていなかった。まだ八時か、里佳子はそう思い、ブランケットを耳まですっぽり被り、再び休日の心地よい睡眠を味わった。

「里佳子さん、里佳子さん」

目を開けると、既に着替えた剛史に揺さぶられていた。力の抜け切った里佳子の体はぐにゃぐにゃと、なされるがままに揺れ動いている。

「はっ、なになに」

「里佳子さん、宅配便届いたみたいなんだけど。印鑑ある？」

「ん、あ、玄関の靴箱の上にあるから」

わかった、そういうと再び玄関に戻って行った。ふと時計を見るとまだ九時だった。

宅配便のインターホンに起こされ、里佳子は起きて布団を片付けた。リビングには剛史が取りに行ってくれた通販の荷物が置かれ、ソファでスマホを触っている。彼はもう既にパジャマから私服に着替えているのだった。里佳子はガラスのコップに水を汲みながら、剛史に話しかけた。

「もう起きてたんだね」

「うん」

毎朝早起きの自衛官にとっては、朝九時に起床するのは、遅すぎる時間なのだ。里佳子は、スマホ片手の剛史を横目に冷蔵庫を開くが、二日前に買い置きしていた食パンぐらいしかない。冷蔵庫を開けて考えていると、剛史がスマホを持って、ソファから立ち上がった。

「ねえ、神戸のここのお店って有名？」

剛史が見せたスマホの画面には、北野坂から少し東に向かった有名なカフェの写真が表示されていた。

「あ、ここローストビーフのサンドウィッチが有名だよ。ドイツパンも置いてるし」

「そう！　俺、ドイツのパンなんて食べたことないし、ここ行きたいんだ！」

「本当に？」

剛史が自分に興味を持ってくれているようで、里佳子は少し嬉しくなった。

「ただ、ドイツのパンって、日本のみたいに柔らかくないよ。香りも独特で――」

「食べたい！　せっかく神戸に来てるんだし。もうすぐ出港しちゃうんだよ」

「じゃあ、行こう！　ここ早く行かないと、席埋まっちゃうの！」

そう言うと、里佳子は大急ぎでクローゼットを開いた。いつもより薄いメイクにシャツにジーンズという、ラフな服装に着替えると、駅前からタクシーに乗った。車窓からは、めくるめく神戸の街の景色が流れて行く。

「神戸ってホントにオシャレな街だな。青森と全然違う。ああ、バイクで来たかったなあ」

「またいつでも来れるわよ」

そんなことを話しているうちに、店の前にタクシーが止まりふたりは車を降りた。

里佳子は混み合う前に早く席を確保しようと小走りに階段を上がった。剛史は店の構えを見上げる。

「へえー」

教会の礼拝堂を改装したこのお店は、登録文化財の指定を受けておりとても立派だった。

「先に中に入ってるからねー！」

建物の美しさに見入っていた剛史は、里佳子の声を聞くと足早に中へと入っていった。

店は開いたばかりなのか、二階のカフェへ続く階段には、ぞろぞろと人が並んでいる。

その何人か前で、里佳子が手招きをした。

「良かった。待たずに入れるみたい！」

教会だった建物天井は吹き抜けになっており、太い梁《はり》が剝《む》き出しになっている。それがまた異国のような雰囲気を醸し出していた。

剛史は時折天井や壁を見渡している。サンドウィッチにナイフとフォークがついてくるなんて、剛史にとって初めての出来事だった。

「神戸、って本当に良い所だなあ。また、艦の調子悪くならないかな」

「そんな縁起でもないこと言わないでよ」

いくらメンテナンスや修理といえど、一歩間違えば海の底。嘘から出た実《まこと》になられては困る。

「そしたらまた神戸に来られるし」

里佳子はストローをくわえたまま、ギロリと睨みを利かせた。

「冗談だよ」

「イルカは海にいるのが仕事なんだから」

「それ俺のこと？」

「そうだよ。イルカは、私も知らない大きい海を、いくつも越えていくんだから」

里佳子は両手でカップを包み込み、剛史の目を見て話した。

「俺、神戸ってあんまり好きじゃなかった。街並みも、通り過ぎる人も、何もかも洗練されてるような気がして」

「神戸の女は嫌？」

「そうじゃないよ。俺って場違いだなあって」

「一緒に背伸びしようよ。少しだけ。そうしたら、またいつもと違う世界が見えてくる」

「そうだね。里佳子さん、俺、幹部候補生試験を受けるから」

里佳子は驚いたようだったが、深く「うん」と頷いた。

「うん、いいと思う！　私応援してるから！」

「里佳子さんみたいに、俺もバリバリ頑張らなきゃ！」

少しずつふたりの距離が縮まり、歩幅も揃ってきた気がする。仕事に追われていたせいで、最近余裕がなかった里佳子は、荒《すさ》んでいた心が温かくなり癒やされていく気がした。


お腹がいっぱいになったところで店の一階へ降り、お持ち帰り用のパンやお菓子を選びにいく。里佳子がすすめるものを手当たり次第かごにいれていると、みるみるうちに商品でいっぱいになった。

「こんなにたくさん食べきれないでしょ？　気に入ったのだけにしたら？」

「艦に持って帰って、みんなで食べるからいいんだ」

剛史は嬉しそうに、店の紙袋をふたつも携えていた。

　ふたりは店をあとにすると、当てもなく北野坂を散策した。剛史から手を繋ぐのは照れ臭いだろうと思い、剛史がコートのポケットに入れた腕を、里佳子から黙って組んだ。

「あ、ここ入っていい？」

　剛史の腕をグイッと引っぱり、お気に入りのおもちゃを見つけた少女みたいに、里佳子は目を爛々《らんらん》と輝かせている。そこは北欧発のインテリアショップで、里佳子のマンションにあったマグカップと同じデザインの小物が置かれていた。

「この店好きなの？」

「そう！　大好き！」

　里佳子はニコッっと笑いそう答えると、剛史を放ったまま店内を散策し始めた。里佳子はキッチンマットに興味があるらしく、目をキラキラさせながら商品に見入っている。

　剛史も人の流れに身を任せて、コーナーを巡ってみる。原色の鮮やかな花柄がテーマになっており、可愛らしい写真立てが目に留まった。剛史はそれを手に取り、里佳子のいるキッチンマットのコーナーへ向かった。品物を選んでいた里佳子は手を止めた。

「その写真立て買うの？」

「うん。里佳子さんちにあったマグカップの柄と同じだろ？　どっちの色がいいかな」

　里佳子に意見を聞いたあと、ブルーの柄を購入することにした。

　そして、あっという間に時間は過ぎ、宿舎の門限に近づいていた。ふたりは腕を組みながら、駅の改札へとゆっくり向かっていった。

剛史がズボンの後ろポケットから財布を取り出した時、一枚の紙切れが抜け落ちた。

「なんか落ちたよ」

剛史はレシートだと思い、気にも留めなかった。

「ええっと、新長田行は――」

「ちょっと、これさ」

なに？ と言いながら、時刻表の案内板から視線を里佳子に向けたとき、里佳子が剛史の顔を、般若のような顔で睨みつけていた。

剛史の目の前に突き出された紙切れは。八重と賭けた競馬の馬券だった。

「あ！」

「あ、じゃないわよ。俺は〝飲む、打つ、買う〟はしません、とか自分から言っときながら嫌な感じ！」

「違うって！ 俺が買いたくて、買ったんじゃない！」

「何？ 勝ったの？」

「それは勝ったよ」

いくら？と聞かれたので、勝った馬券なら、里佳子はてっきり許してくれる、と調子に乗って、一万五千円、と答えてしまった。

「ちょっと里佳子さん！ 待ってよ！ 違うって！」

「違わない！」

ハグをするどころが、見送ることもしないで里佳子は改札口に消えた。帰る途中で二回ほど連絡を入れたが、その日、二度と里佳子が出ることはなかった。

無音潜航

求められないからといって、愛されていないわけでもない。神戸でのデートはとても楽しく有意義だったものの、剛史の本気ゲージの上げ下げに翻弄され、翌朝、里佳子はやや悶々としながら出社した。

始業のチャイムの直後に、緊急テレビ会議が行われた。モニターに映し出された社長の表情は、怒りを腹に据えかねた鬼の形相をしている。年末で回復できると見込んでいた、アジア新興国での売上予想が大きく外れ、安売り戦争に白旗を揚げたのだった。

その上、世界的経済の悪化を受け、リスク回避のために、マーケットでは日本円が大量に買われている。円高が進行し、為替変動リスクが見込みを大幅に超え、期首の相場と比べて五パーセント近くも利益が圧縮され、吹き飛ぶことになる。

減収スパイラルから抜け出せないまま、未回収の多額の売掛金が計上されていた。

その日からは連日、泥水のようなコーヒーを片手に、精励恪勤《せいれいかっきん》に仕事に集中した。

里佳子は日付が変わる前に仕事を終えて帰宅し、シャワーを浴び終わると、呉港へ帰港した剛史へ電話をかけた。

「当分は、忙しくなると思う」

「決算が近いから？　出張？」

出張は今の時期はない、と答えた。

「詳しく言えない？」

「私、竹上電工、潜水艦部隊だからね」

里佳子の言葉に、剛史は不満そうにやめてくれよと言った。

「じゃあ、来週も会えないの!?」

里佳子を責め立てるように、剛史の口調が強くなる。

「来週も会えなかったら、何ヶ月も会えないいんだよ？」

ついに長期出港か、と予想がついた。

「今ね、時限爆弾抱えてるの。毎回、剛史の予定に合わせられるわけじゃない。たった二ヶ月だってば」

「たった二ヶ月じゃないよ！」

「出港は大変だと思う。だから、潜水艦もある程度手当もつくんだし。でも、うちだって決算前はみんな休日返上で出勤するから、私だけお休みください、ってわけにはいかないのよ」

「先週だって、いつ呉港に帰港するかわかんないから、予定入れたって言ってたじゃないか」

「貴絵の誕生日だったの。そんな風に会えないことなんか、今に始まったことじゃないでしょ？」

里佳子が言うことに間違いはなく、剛史は言葉に詰まった。

「たしかにサブマリナーは、我儘な仕事だと思うよ！　でもさ――」

「これくらい覚悟してないと、潜水系男子と付き合えないよ」

「……里佳子さん、大人なんだね」

仕方ない、とたったひと言で割り切れる里佳子がうらめしく、どこか拒絶されたような気持ちになった。そしてこれ以上、里佳子に反論すると、自分の子供っぽさが剝き出しになってしまう気がした。

「わかったよ……」

「ごめんね」

「もうちょっと、こうやって話してもいい？」

こんな些細なことが、当たり前でなくなる。いったん出港してしまえば今回は寄港地はない。二ヶ月近く潜行しっぱなしだ。どれだけ喚《わめ》いても、それが剛史の任務であり仕事なのだ。


そして、里佳子から電話もメッセージも激減し、何日も連絡を待つ日が続いた。

――今週の土日、どっちか会えない？　神戸まで行くから。

里佳子に送ったメッセージは読まれているものの、何時間経っても返事はない。

その日は貯料品を搭載する日だった。積み込まれる荷物全ての重さが厳密に測られる。

隊員は一列に並ぶと、重い米や飲料などを、腕から腕へとリレーする。七十名近くいる隊員の、約二ヶ月分に相当する量たるや、トラックの荷台一台分に相当するのだ。その貯料品と呼ばれる、膨大な食糧など貯蓄品を、隊員総出で積み込むのだった。

次から次へと積み込むうちに、額には玉のような汗が流れて落ちる。ソーナー室のモニターの前に座り込み、画面を見つめる以上に疲労感に包まれていた。

どっぷりと疲れ、基地でシャワーを浴びると、その日は真っ直ぐに家に帰った。レンタルした洋画も見終え、剛史はダラダラと民放番組を垂れ流していた。部屋の時計は、もう十一時を過ぎている。

「いい加減、仕事が終わっても良い時間だろ……」

返事が来ないわけを、知りたかった。躊躇《ためら》いながら、何度通話ボタンを押しても、コール音だけが、虚しく耳に響く。忙しいというのは、自分を排除するための言い訳なのか、出港を繰り返し、連絡が取れなくなるサブマリナーは、もう見切られたのか、不信感と猜《さい》疑《ぎ》心《しん》が募っていった。

——仕事？　どうして、電話出てくれないの？

またメッセージを送った。画面を見つめていても、何の変化もない。忙しくなる、ということは聞いてはいたが、はぐらかされているようにも感じた。睡眠時間をガリガリと削りながら、里佳子からの連絡を待ち続けても一向にスマホは震えず、剛史は渋々、室内の明かりを落とした。テレビの音量を下げ、くだらない番組を見ていると、知らぬ間に、眠りの渦に巻き込まれていった。

上場以来、初めて迎える赤字決算発表まで、何日も残っていない。財務経理部が仕事を終える頃には、終電はとっくになくなっていた。矢崎や大河内は、家に帰る時間を惜しみ、寝袋を持ってきて会社に寝泊まりしていた。里佳子の自宅も、シャワーを浴び、眠るだけの、大きな箱になりつつある。

タクシーを降りると、里佳子はすぐに、剛史にコールバックした。眠っていた剛史は、スマホの振動に目を覚ます。

「ん……もしもし？」

「どうして電話に出られないの、って会社だからよっ！」

スマホのスピーカーの奥から、ヒールがコツコツと響く音が聞こえた。

「剛史も乗船したら、連絡できないでしょ⁉」

「ご、ごめん。もしかして今帰りなの？」

「そうよ。電車なくなっても、タクシーチケットもらえないんだから」

鞄の中から鍵を取り出し、部屋のドアを開錠する音が聞こえる。

「本当に仕事なの？　もう夜中の一時回ってるよ？　残業って言っても、飲み会でしょ？」

「飲み会じゃないっ！」

そう言うと、里佳子は通話終了ボタンを押した。

「も、もしもし？　里佳子さん？　ああ！　もうっ！」

再度電話をかけても、その日里佳子は、二度と電話に出なかった。剛史は布団の上に横になり、両手で顔を覆った。


幹部会議のプレゼンは橘が行い、里佳子は補佐を担った。薄暗い会議室には、赤字決算の数字が、プロジェクターに煌々と映し出されている。執行役員は皆、暗い表情をし、営業企画部長は顔面蒼白で、今にも倒れそうになっていた。

会議の進行を務める橘を無視し、始まるや否や、矢継ぎ早に質問が飛び交い、橘でさえ武者震いを覚えた。

「B工場の薄型テレビ、これだと限界利益がギリギリじゃないか！」

常務取締役は、激昂の矛先を木下の首元に突き付けた。

「子会社Dの株式を売却したら、いくら浮いてくるんだ！　さっさと数字出せよ！」

常務は、会議用のデスクを蹴り上げた。売り上げと資金繰りの悪さは、財務経理部のせいではない。木下を含む部全体に、理不尽に怒号が浴びせられ、橘の額からは脂汗が滲み出ている。里佳子は喉の奥から、今にも心臓が飛び出そうだった。子会社の売却に関する資料を見つけた時には、もう焼け石に水だった。

「こんなやつが、本店財務経理部長か？　外せよ！」

その場の空気が凍りつき、里佳子と橘は、その場に立ち尽くしてしまった。

＊

週間天気予報では、来週の出港日は荒れるようだ。船乗りが船酔いするようでは資質を問われる。剛史は仕事のあと、バイクに跨り、近くのショッピングモールの薬局へ寄ると、見慣れた顔を見かけた。

「おい！　土師《はぜ》！」

土師は、剛史と地獄の訓練を共にし、同じ夢を追いかけた同期だ。

「久しぶりだなあ！　元気してたのか？」

剛史が小走りに駆け寄ると、お互いに肩を叩いた。

「何年振りだよ。相変わらず、変わってないな」

「そうか？　陣も昔のまま、変わってないよ」

配属する艦が決まれば、滅多に会うことはない。こちらが港にいても、向うは海の中。

土師は、剛史が持つ酔い止めに目をやった。

「なるほどな」

お互い常備薬を購入したあと、昔土師とよく通った、お好み焼き店へ行くことになった。

土師をバイクの後ろに乗せ、店まで走った。

「陣、あの時は、免許持ってなかったよな」

「持ってなかった。土砂降りの日に、傘を差して行ったことあっただろ？」

「あった！　教官にブチ切れられて、帰り道、お前泣いてたもんな」

あの頃のように、無邪気に笑った。知らず知らずのあいだに年を重ね、手に入れたのはドルフィンバッチだ。

久しぶりに訪れた店は、相変わらず客で溢れかえっている。店内の壁には、著名人のサインがあちらこちらに書かれており、壁のシミですらあの頃と同じ気がする。

土師と一緒にこの店に来る時、話はいつも尽きなかった。上司や職場の愚痴や不満も、土師となら湿っぽくなることも、腐ることもない。

店主がアツアツの鉄板に生地を広げると、湯気がふんわりと上がる。焼けるのが気になって、何度も鉄板をのぞき込んだ。

「もうちょっと待ちよってね」

店主を急かしたつもりではないが、そんな心遣いが嬉しい。運ばれて来たお好み焼きは、あの頃と同じ、変わらぬ味だった。

また土師とこうして話ができることを、剛史は嬉しく思った。

「陣は、まだ結婚しないのか？」

土師は昨年結婚した。お互い頻繁に連絡を取ることはないが、奥さんと婚姻届を持っている写真が送られてきた。

「まだしてないけど」

　土師に尋ねられると、照れたように笑った。

「その調子だと、ついに彼女できたんだな！　どんな人？」

「三つ上のＯＬさん」

「順調？」

「忙しいらしい。昨日なんか、帰ってきたのは夜中の一時だった。飲み会だろ、って言っちゃって……」

「出港前に、喧嘩ふっかけんなよ。民間なんて、そういうもんだろ」

「田所先輩にも、ちゃんと電話しろ、って言われたんだけど……」

「真に受けんなよ。お前も、俺に相談するのは間違ってんぞ」

「なんでだよ。土師は良い人見つけたろ。そう言えば、子供は？」

　土師は無言のまま、割り箸を置いた。

「俺、離婚したんだ」

まだ新婚ホヤホヤで、どれだけ夢溢れたものなのかを、剛史は聞きたかったのだ。

「八月に別れた」

　剛史は、何も尋ねられなくなった。

「暗い話して、悪かったな」

「いや……俺こそすまん。どうして俺に、相談してくれなかったんだよ」

「相談？　言えるわけないだろ……」

ゆらゆらと湯気が上がる目の前のお好み焼きは、食べることを忘れられたかのように、虚しく皿に乗ったままだった。

食事を終え、店を出た時、土師は静かに呟いた。

「俺も、艦と同じように充電するわ」

土師の心に、妻はまだ留まったままだろうか。剛史は土師を送り、アパートへと帰った。

待つ人のいない部屋を見上げると、一筋の光も漏れていない。海の底のように、真っ暗だ。

靴を脱いで部屋へ上がると、短い廊下がいつもより長く、冷たく、そして硬く感じた。来週の出港準備も終わっていないのに、やる気が湧いてこない。壁には、クリーニングから持ち帰ったままの制服がかけられ、バッジと名札は、サイドテーブルに置いたままだった。夢を手に入れた対価に、何かを失いつつある気がした。

上官にはまだ、幹部候補試験を受ける意思は伝えていない。土師の話を聞くと、その意思がぐらぐらと揺れ始める。

もし幹部になったら、就業時間が長くなり、里佳子と会う時間も削られる。ただでさえ遠く離れた所に住んでいるのに、うまくやっていけるだろうか。そう思い悩んでいると、上官に意思表示をすることが、だんだん怖くなってきた。

テレビをつけると、竹上電工の赤字決算が発表されたことが報道されていた。剛史は思わず画面に釘付けになり、会社の規模の大きさに驚いた。マンモス会社の本社ビル前には、多くの報道陣が詰めかけている。

「もしかして、これのこと……？」

剛史は堪らなくなり、里佳子に電話した。充電が切れているのか、電源が入っていないアナウンスに切り替わる。来週には出港を控えているが、里佳子に伝えることはできない。感情的に自分の都合をぶつけた剛史は、後悔の波に、音を立ててのまれそうだった。

時計を見ると、まもなく二十時になろうとしている。剛史は、テレビの電源を切り、リモコンを投げると、ジャケットに腕を通し、手袋とバックパックを片手に、家を飛び出した。日本列島に到来した寒波は、容赦なく頬を引っぱたく。瀬戸内海の潮風と、冷たさのせいで目が涙で滲んだ。それでも、無理矢理マシンにキーをねじ込み、エンジンをかけると、勢いよくグリップを捻った。

――ニュース見たよ。ごめん。今から、神戸まで行くから。

出る前にメールを送ったが、返事は予想どおりなかった。出港の寂しさを、里佳子は割り切っている。むしろ割り切った方が、楽になれることを知っている。里佳子に恋し、満たされる代わりに、ますます臆病になった。

新幹線の横並びのシートには、誰も座っていない。ついさっきまで一緒にいた土師との会話が、鮮明に蘇ってきた。

「一年ぐらい付き合って、籍入れたんだ。最初はお互いの家を行き来してたけど、家賃もったいないし、一緒に住み始めた。男としてのケジメもあるし、両親にも紹介して、腹くくったんだ」

寂しいのは、港に残された女だけじゃない。待つ者を残して、潜り行く男だって辛い。何度目かの出港から帰ると、いるはずの妻の姿はなかった、という。剛史に相談できなかったのは、妻が地元の元カレと、寄りを戻したからだ。「あなたは本当に出港しているのかもわからない。そんな時、元カレから連絡が来た」と聞かされた時に、土師の我慢のゲージは振り切れた。

剛史は、自分《サブマリナー》が言われたくない言葉を、里佳子に吐き捨てたことに気がついた。剛史は窓に肘をつき、大きく息を吐いた。

一台のタクシーが、里佳子のマンションのエントランス前に到着した。ドアが開くと、里佳子が降りてきた。駆け寄り、抱きしめ、今すぐ里佳子の体温を感じたかった。でも、もし自分の勝手な行動が受け入れられなかった時のことを考えると、防衛反応が働き、体が硬くなる。剛史は何も言えず、ただ突っ立っていた。

「……ごめん」

タクシーのドアが閉まる前に、里佳子が小走りで駆け寄ってきた。

「こんなに寒い日に、外で待ってたの!?」

里佳子は、タクシーの中で剛史のメッセージに気がついた。剛史は広島からの最終の新幹線に乗り、神戸まで来てくれたのだ。暖房ひとつない冷え切ったエントランスで、いつになるかさえわからない里佳子の帰りを待っていた。

真っ青になった彼の顔を見ると、どれぐらい寒かったのか、容易に想像できるほどだった。

「こういうのって、引くよね……ごめん」

その言葉を無視するように、里佳子が両手で剛史の頰を包み、剛史は咄嗟に瞳を閉じてしまった。いつもの、里佳子のフレグランスの香りが、ほんの微かに鼻を掠めた。会社からエントランスまで、たいして外気に触れていないせいで里佳子の手は温かく、それが浸み渡るように伝わってくる。会いたかった里佳子の香りと、体温に包まれると、胸の奥底で凍っていた淋しさが、じんわり溶け出した。

「里佳子さん……」

「もーこんなに冷たくなってる！　ごめんね。早く中に入ろう！」

拒まれず、むしろ歓迎してくれた。そんな里佳子の行動に、堪らなくなった。悔しいくらいに、里佳子には敵わない。オートロックエントランスキーを差し込もうとする里佳子の腕を引き抱きしめた。

「剛史？」

「俺……」

子供っぽいこと言ってごめん、そう言おうと思ったが、里佳子は優しく頭を撫でた。

「ごめんね。忙しいってのを理由にして」

「里佳子さんは、悪くないよ！　だって、俺が――」

剛史の言葉を遮り、わかった、わかった、そう言い、軽く笑いながらエントランスドアを開けた。とにかく、暖かい室内に彼を招き入れてあげることが、今の里佳子にとっては最優先だった。

部屋に入ると、暖房のスイッチを入れた。

「ごめん、洗濯物干したままなの」

生活感のある里佳子の一面を垣間見られたことで、剛史の緊張がほぐれた。

「突然来てごめん……」

里佳子は相槌を打ちながら、お掃除ロボを起動し、電気ケトルに水を注いだ。

「俺が来たら、余計に忙しいよね。俺がするよ。明日も仕事？」

剛史は沸騰した湯を、ティーポットに注いだ。寝室では、里佳子が部屋着に着替える、衣擦れの音がする。

「うん。少し遅れていくけど、もう株主総会終わったし」

マグカップをふたつ手にし、ペタペタとスリッパの音を立て、剛史も里佳子の隣へ座る。

「ニュースで見たよ。竹上って、デカい会社なんだ、って思った」

「潜水艦に乗ってるわけじゃないし。会社は嵌《は》め殺しの窓だけど、外出たら新鮮な空気も吸えるのよー」

里佳子は相当疲れているはずなのに、いつもどおりに明るかった。そんな明るさは里佳子の魅力であり、そして大人らしさだと剛史は思った。

「サブマリナーも、言えないことはたくさんあるけど、里佳子さんだってそうだよね。なのに、俺、変に勘繰って。最近、少しずつ嫌われたんじゃないか、って思って」

「ううん。私の方こそごめんね。余裕なくて。もっと、うまく言えば良かったね」

「この間は、飲み会なんて言って、ごめん。あの時間まで、オフィスにいたの？」

「そうだよ。役員の会議が終わったのが、十一時だった」

里佳子は、目頭をきつく抑えた。

「仕事、辛い？」

「まあねえ……」

里佳子はフッと笑った。

「何度も会社を辞めようと思ったし、弱音だって、いっぱい吐きたいよ」

剛史はまっすぐ里佳子の目を見つめた。

「俺が子供だから、年下だから、弱音吐けない？」

里佳子もまた、剛史を直視した。

「そんなこと思ってない。子供っていうよりね、剛史は異次元なの」

「異次元？」

里佳子は眠そうに目を擦った。

「深く潜りすぎて、頭のネジがいくつも抜け落ちてるの。だから、あんなわけのわかんない乗り物に乗れるのー」

「ひっでー！　俺、真剣に聞いてるのに、俺のこと馬鹿にしてんだろ」

里佳子は、声をあげて笑っていた。

「剛史の出港中にね、すごく考えた。会社の仕事は大変だし、辛い。何度も辞めよう、って思った。でも、私はひとりの時間もあるし、お風呂にも入れるし、ニュースだって見られる。普通の生活って当たり前、だと思ってたけど、当たり前じゃないことがわかった。極限の状態でやり続ける剛史の精神力って、常人離れしてるんだろうなって。だから逆に、私には元々必要のないネジが多いのかもね」

間接照明に照らされた里佳子の顔は真顔に変わっていた。クマができ、目が潤んでやつれていた。

「神戸なんか遠距離じゃありませーんとか言って、本当に来ちゃうし。私ができないことをやってのける剛史、本当に尊敬してるよ」

「里佳子さん……」

自然とふたりの唇が近づいて触れ合う。重なり合うだけのキスから、お互いを貪り合うキスへと変わっていった。

剛史がシャワーを浴び、バスタオルを巻いてリビングに戻ると、里佳子の姿がない。

「里佳子さん？」

ソファの肘掛けから、つま先が見えていた。スーツのジャケットも、床にずり落ちたままだ。のぞき込むと里佳子はブランケットもかけず、寝息を立てている。ひょいと抱え上げ、寝室へと運んだ。里佳子は起きようとしているようだが、体に力が入らず、何やらむにゃむにゃと、言っている。

寝室のシーツを捲り、里佳子を横たえ、厚手のブランケットを肩までかけると、里佳子はすぐに寝息を立て、また夢の世界へと旅立った。

「ああ、やっぱ俺は馬鹿だ……」

濡れたままの、後頭部を摩った。里佳子の戦場はまだ終わりを迎えていない。自分のエゴを、里佳子は拒まなかった。鈍感すぎる自分が情けなく、バスタオルを巻いただけの裸の自分が滑稽だった。

それからは里佳子と共に過ごす時間も作れず、剛史は翌日の夕方過ぎには呉へと帰って行った。決して安くはない交通費をかけて神戸まで来たものの、今回も空回ってしまい、自分の不甲斐なさを恥ずかしく思うのだった。

＊

里佳子が、『しばらく連絡できませんので』という剛史からメッセージに気づいた頃、既に夜中の十二時を回っていた。明確に言えない彼なりの、長期出港の合図だろう。

——今終わったんだけど、もう寝ちゃった？

すぐにメールを返すものの食事もろくに摂ることができず、睡眠もままならない。そそくさとシャワーを浴びたあと、髪を乾かし、洗濯の部屋干しを済ませ、またスマホを確認するが、やはり何の着信もなかった。

出港の前に、少しでも話ができれば良かったのだが、潜水艦の朝は早い。自分が寝ているあいだに、冷たい海へ潜って行かねばならない剛史のことを考えたら、睡眠を妨害するのは、とても気が引けた。それも、剛史へ向けた愛情のつもりだった。

彼から返事が帰ってくることは、その後二ヶ月近くなかった。結局、いってらっしゃい、の言葉は言えず、スマホも電源が入っていないことを知らせるだけだった。

＊

里佳子からメッセージが来ていたのに、剛史はそれに応えずに、出港のためにハッチを降りて行った。暫しの間停泊した後に、合戦準備のランプが点灯し、艦内にある全てのバルブを総動員で確認する。ベント弁が開放され、メインタンクの空気が音を立てて放出されると、徐々に浮力を失い、艦はゆっくりと潜航を始めた。

里佳子が仕事で多忙なことを、剛史は理解しているつもりだった。

しかし、長期間に渡り、声も聞けない状況になることを、里佳子にこっそり打ち明けていたのに、里佳子に自分のことは二の次にされたようだった。剛史は、里佳子は仕事が忙しいことなど百も承知だが、今回くらいは、仕事の合間を縫って、連絡くらいして欲しかったのだ。自分の幼さと、寂しさから神戸へ向かったのに、それがないことがまた悔しかった。

「俺だって、選ばれし者なのに」

艦が港を離れていく度に、剛史の集中力は高まった。

「里佳子さんに、行ってきます言ったん？」

ソーナー室から戻った剛史の目は、真っ赤に充血していた。ベッド下の引き出しから目薬を取り出す剛史に、大川が尋ねた。出港してからというもの、剛史は里佳子のことを口にしなかったのだ。

「話す間なんか、なかったよ」

「竹上電工潰れる、とかテレビで言っとった。忙しいんじゃろ？」

「潰れないだろ。あんなでかい会社」

「何、拗ねとるん。上陸するまで、まだ七カレーもあるのに？」

毎週金曜に食べるカレーがあと七回もある。つまりは、七週間も港に帰らないことになるのだ。

「女の方がハート強いんじゃろ。男しか潜水艦乗れんのじゃなくて、女だけが乗ったら、世界最強の武器になると思うんじゃけど」

「二ヶ月も会えないのに、どうして平気でいられるんだろう」

剛史には、里佳子の気持ちを繋ぎ留めておく自信なんて欠片もない。結局、依存しているのは、里佳子ではなく自分自身だ。里佳子は社会的にも優れているし、剛史がいなくても何だってできる。

自分がいかに小さい世界に閉じ込められているのかを、知らしめられた気がした。

密閉されたソーナー室での集中力が一気に切れると、剛史は疲労の波に打ちのめされるようだった。

「俺も、艦下りたいな……」

剛史は、大川に弱音を吐いた。

＊

「おはようございます。掲示板の前にみんな集まって、どうしたんですか？」

大河内が背を向け、いくつもの青い顔が、里佳子の方を向いていた。橘と、矢崎の様子もおかしい。里佳子は手早くコートをかけ、掲示板の前の、人混みを掻き分けて前に出た。

すると、人事異動としては異例の時期に、木下がグループ会社へ同格部長として、出向することが記載されていた。事実上の降格である。勤続三十五年の総責任者が簡単に左遷されたのだ。

「何……」

里佳子は木下の席を振り返るが、姿はない。橘も椅子に座り、肘をついたまま額を押さえていた。いつもは陽気な矢崎も口を閉ざし、部内には、不穏な空気が立ち込めている。

「橘先輩……」

里佳子が橘へ話しかけようとした時、木下が遅れてオフィスに来た。全員が無言で席を立ち、一斉に向き直った。木下は席の上に資料を置くと、ひと呼吸し、口を開いた。

「おはよう。みんなも知っていると思うが、発令された人事異動のとおり、僕は異動することになった」

木下の表情は穏やかで、異例の人事が、事実であることを知らしめられた。大河内は、泣きそうになっている。

「この部署で私の役目はもう何もない、と判断されただけだ」

「違います……。こんな人事、最低じゃないですか……！」

里佳子は我慢の限界に達し、目からポロポロと涙がこぼれた。

「谷原、会社はな、ひとり欠けたところで、平常どおり機能する。人だけでない、何かが足りなくても、動き続けるんだ。私以外の橘や、谷原といった、強い企業戦士が会社を回す。それが組織だ」

里佳子の横で、橘は両目をきつく閉じていた。

「私は、一生懸命君たちを育ててきた。ここにいる全員が、私の誇りだ。どの部署へ送りだしても、私は恥ずかしくない！」

木下は、各自のデスクを回り始めた。

「胸を張れ！　前を見ろ！　前向きじゃないと、前には進めないんだ」

そして、里佳子の目へと足を進めた。

「今まで、僕の部下でいてくれて、ありがとう」

里佳子はその言葉を聞くと、わっ、と泣いた。全員がうっすらと目元に涙を浮かべていた。

仕事の帰りにコンビニに寄った。バレンタインも間近になり、店頭には可愛らしいチョコレートが並んでいる。

里佳子は陳列棚のチョコレートを手にした。渡したくても渡したい相手は、連絡もつかず、いったいどこにいるのかもわからない。

里佳子は何事もなかったかのように、チョコレートを棚に返し、缶チューハイを買って帰った。仕事も恋愛もどちらにも逃げ道を求められず、酔うことで楽になりたかった。家に酒類は、一滴たりとも置いていない里佳子だったが、この日は無性に飲みたかった。会社の非情な異動が発表され、もう会社に対する信頼を失ってしまった。

父と兄の言葉を思い出し、こんな会社など辞めてしまおうかとも思う。普段はシャワーで済ませるが、体の芯まで温まりたくなった。彼は狭い艦の中で、このささやかな至福も味わえないと思うと、湯船に浸かったまま、哀れな気持ちになる。風呂上がりのアルコールが回り、思考回路が鈍ると、そのままソファで眠りについた。

仕事の鬱憤を酒で晴らす自分は、弱くなってしまった気がして、里佳子はまた情けなくなった。


やるせない気持ちのまま、翌朝もいつもどおり満員電車に揺られた。

「おはようございます」

デスクに鞄を置き、コートを脱ごうとすると、橘が傍にやってきた。

「谷原、大丈夫か？」

橘の強張った表情に、里佳子はまた社内で何かあったのかと、不安になる。

「何ですか？　新任の部長、決まったんですか？」

非常の人事異動のせいで、木下の後任が決まらず、一時的に橘が兼務している。橘は里佳子を給湯室へ促すと、なぜか矢崎もついてきた。

矢崎は手早く、テレビのリモコンを橘へと渡すと、すぐにＴＶをつけた。防衛大臣が緊急会見を開き、元海上幕僚長がコメンテーターとしてスタジオに呼ばれ、荒い口調で事故について解説している。

「……嘘でしょ」

海上自衛隊の潜水艦が、バッテリー不良で浮上できなくなったというニュースが流れていた。現場と思わしき映像が映し出されるも、潜水艦の姿はおろか、残骸でさえも浮かんでいない。警備艇がたてる、小さな白波が虚しく泡になっているだけだ。事実関係は調査中だと、右端にテロップが出ている。

里佳子はただ黙って画面を見つめた。瞬きの回数が増え、息遣いが荒くなる。剛史がどこの部隊に所属しているのかも、どの艦に乗っているのかさえ知らない。コートのポケットからスマホを出し、通話ボタンを押した。

いつもどおり、圏外のアナウンスが流れる。海の底に沈んでいるとしても、同じことだと思うと背筋に寒気が走る。

「出港してんのか」

里佳子は橘に返事することもままならず、矢崎に促されるまま席についた。

連絡すらつかない剛史には、なす術などない。今の里佳子ができることなど、何もないのだ。里佳子は平静を保つために、PCの画面を見つめるが、まるで頭に入っていない。気持ちを切り替えて職務に戻ったつもりでも、その日はなんとなくボンヤリ過ごしていた。

夜のテレビニュースでは依然、乗組員の消息は不明、と出ていた。どうせ国家というヴェールで包まれた秘密の塊についてなんか、何も知ることができない。

「潜水艦と、恋愛なんかやってらんないよ……」

乱雑にスマホを、サイドテーブルに置いた。

思い返せば、いつも側に剛史はいなかった。出港すれば音信不通。連絡がついても、近くにはいない。最初から、剛史は側にいなかったのだ。ニュースを聞かなければ、いつもどおりの生活がリピートするはずだった。大きく異なるのは、もう二度と会えないかもしれない、という不安だけ。

スマホの履歴を見ると、最後に通話した日から二ヶ月近くになる。二ヶ月も食料なんてもつのだろうか……？　いや、沈没すれば、意味はない。そんな負のスパイラルに振り回され、強靱だったはずの里佳子の精神力は、ズタボロだった。

「貴絵の言うとおりだ……。もう辛い……。仕事も辞めたい……。剛史、どこで、何やってんのよ……」

剛史に伝わるはずもないのに、里佳子は誰もいないリビングで、自分の気持ちを吐きだした。

剛史にしてあげられることは、何もない。冷たくて真っ黒な違和感が、心の奥底から、じんわりと滲み出てくるようだった。

＊

剛史を乗せた艦は海面近くまで浮上し、艦橋からスノーケルを伸ばした。艦内の弁が全て閉じられ、ディーゼルエンジンが動き出す。何度か弁が開閉されると、艦内に新鮮な空気が流れ込んできた。頬を掠めるほどの、気流が感じられ、就寝中の八重も、わざわざ起き出して来て、食堂でタバコに火をつけた。

八重が艦を下りるということは、ほぼ全員に知られている。八重自身もぎこちない空気を纏い、それを意識しているのか、周囲も何となく遠巻きにしているような印象があった。

剛史も食堂へ足を運ぶと、八重の隣しか席が空いていなかった。

剛史と八重以外の全員は、ヘッドフォンを嵌め、TVを見ている。八重に目顔でよう、と挨拶され、横に腰を据えた。

「八重さん、ご結婚されるんですね」

彼は薄らと笑みを浮かべるだけだった。もう知ってんだろ、と八重の意味深な笑顔が、言葉なしに、事実を物語っている。

「おめでとうございます」

「俺が結婚するの、おかしい？」

休日の昼間は、終日パチンコ店にいる。子供だましのような景品のキャラメルを、今まで何箱ももらった。クールに煙草をふかしながら、クールに遊ぶ、そんな印象だった。

「驚きました、本当に」

そうか、と呟くと剛史から顔を背け、煙草をふかした。

「いつから、付き合ってたんですか？」

「いつからなんだろうな。一年くらいか？　気がついたら、付き合ってた」

「そうなんですか。どんな人ですか？」

「どんな人？　んー、こけしみたいな人」

そう言われて、剛史は笑ってしまった。

「たいして化粧もしないし、地味だし、スタイルが良いわけでもない」

八重がそんな女性を選ぶということに、驚いた。

「なんで、結婚しようって思ったんですか？」

「……結婚なあ。ひとりってのに、飽きたから、かな。俺もよくわかんねえ」

剛史はますます、八重が結婚する理由がわからなくなった。

「八重さん、本当に艦、下りるんですか？」

八重は否定しなかった。

「そんな顔すんなよ」

「なんで艦、降りるんですか？　乗ってたって、いいじゃないですか」

八重は言いにくそうに、剛史から視線を外す。

「出港したら、寂しいんだってよ」

八重は優しい顔で、またタバコをふかした。

「給料下がるぜ、って言ったら、私が働くからいい、って言われてな。俺はずっと艦に乗っていくつもりだった。でも、一緒に居られる時間が増えるならそれでいい、って言われた時、嬉しくてな。あいつの言うこと、真に受けてる俺も俺だよなあ」

八重が艦を下りる理由は意外だったが、艦とすんなり決別できる八重は、もっと意外だった。

「それと――早死にしてほしくない、って泣かれた」

極度のストレスと、劣悪な住環境のせいで、サブマリナーは、健康を害しやすいと言われている。その代償として航海手当が付き、給与は陸上の司令部よりべらぼうに良いのだ、と呟かれていた。

「事故に遭えば、乗組員は艦と一緒に海の底に沈む、自沈を迫られて死ぬって、どこで聞いてきたんだろうな」

「奥さん、八重さんのこと大好きなんですね」

煙をモクモクと燻らせながらも、まだ入籍してねえから嫁じゃねぇよ、と言う八重の表情は、やはり幸せそうだった。風俗に行くだの、嫁が実家ばかり帰るだの、小遣いが安いだの、愚痴を聞くより、ずっと心が温まった。

「もう、本当に八重さんとこの艦で仕事できないんですか？」

口にした途端、剛史の胸の奥から、熱いものが込み上げた。八重との懐かしい時間は、まもなく思い出になる。俯くと、涙が落ちそうになる。歯を喰いしばった。誰にも知られたくなかった。女を取るんですか、そう聞きたかった。

剛史は十年近く、潜水艦に携わってきた。怖くはないが、娑婆と隔離された鋼の塊から、何度も逃げ出したくなった。

そんな時、八重に言われた。

「艦に乗ってりゃ、それだけで金はもらえる。船乗りしかできないことを楽しめよ」

八重の職場での評判は良くなかったが、剛史にとって、兄貴みたいな存在だった。

八重は煙草をくわえたまま、大きな掌で、剛史の頭をグシャグシャと撫でた。

「陣も良い人できたんだろ？　大事にしろよ」

横に座った剛史の肩を抱き、頭を何度も撫でた。

＊

里佳子は、自宅で連日様変わりしないニュースを見ても、虚しくなるだけだった。防衛省は当該潜水艦から通信が途絶えた、とだけ報道している。深海から未だ顔を出さない。真っ黒な波に、捜索のための艦艇がプカプカと浮いているだけだ。

頭の中は興奮しきっているのか、睡眠どころかほとんど眠れないまま、幾日も過ぎていった。

気丈に振る舞う里佳子の態度を見て、矢崎が声をかけた。

「里佳子先輩……、まだ連絡ないんですか？」

「昨日の夜もかけてみた。あの艦に乗ってるのかもわかんないし」

おもむろにスマホを取り出し、癖のように通話ボタンを押す。すると、今回は圏外のアナウンスに切り替わらなかった。

「え？　嘘！　かかった!!」

しかし、コール音だけが、何度も虚しくこだまするだけで、剛史は一向に電話に出ない。

「繋がるってことは、どこかに、上陸したんじゃないですか？」

里佳子は安堵の表情を浮かべ、呼吸を整え、デスクについた。

「潜水系公務員、生きてたんだな。あいつしぶといっすね！」

矢崎も無理矢理、明るく振る舞い、PCモニターに向かい合う。

「おい、谷原、このまま午後休取って呉まで行けよ」

橘の言葉に、ハッとした矢崎がパーティションから顔を上げた。

「こんな時くらい、行ってやれ。後任の部長だっていないんだし」

里佳子は、橘に向かい合うも何も言えない。瞬きをするだけだ。

「谷原！　行けって！」

「はい！」

里佳子はデスクの電源を落とし、各自に殴り書いた指示書を渡すと、ヒールの痛みも気にせず駅へと走った。

マンションに帰ると、出張用のバッグに、手当たり次第着替えを詰め、タクシーに飛び乗った。新幹線に乗り込むと、アダプターをスマホに繋ぐ。橘から、もみじ饅頭よろしく、メッセージが来ており、里佳子の頬が緩んだ。

ただ電波が繋がっただけで、呉にいるとも限らない。前みたいに、舞鶴に寄港しているかもしれない。だが、本来は寄港しない、という彼の言葉が本当なら、きっと呉にいるはずだ、生きていれば。

ぼんやりと車窓を眺めると、遠くの山肌には、満開になった桜が見事に咲き誇っていた。

里佳子は、剛史の言葉を思い出していた。

「上陸したら、季節が変わる……か。気づかないうちに、もう春が来たんだね」

柔らかい夕陽と広大な田園風景が、里佳子の研ぎ澄まされた神経を、穏やかになだめた。

矢崎と共に、出張で来た時よりも、広島がずっと遠く感じる。

剛史と里佳子とのあいだには、自衛隊という大きなボーダーがある。自衛隊では当たり前のことは、一般社会では当たり前ではない。社会で当たり前のこともまた、自衛隊では当たり前ではない。少しずつ、剛史のボーダーに近づくと、違いすぎる環境に足が竦む。尻込みしているのは自分の方だ。

記憶をたどり、道を間違えながら、出張の際に通りかかった剛史のアパートへと着いた。駐輪場に置かれた、埃まみれの剛史のバイクを横目に、部屋へと向かう。部屋のチャイムを何度鳴らしても、何の変化もなかった。一階へ戻り、剛史の部屋の郵便受けを見ると、何通もの封筒や広告が、窮屈に詰められたままだった。

「どうか、無事でいますように」

寒空の下、里佳子はアパートを見上げるように、植え込みに座った。築年数は、里佳子の年齢と同じぐらいだろう。

今日、広島くんだりまで、剛史を追いかけてきたのは里佳子だ。会社が潰れた時の保険のひとつとして、結婚相談所に入ったのに、補欠のはずだった剛史に必死になっている自分がおかしくなった。

そして、燃え上がるような恋愛なんて、もうできないと思っていたことを考えると、失った自信を、取り戻した気がした。

体がみるみるうちに冷え、近くのカフェにでも行って待とうと思ったその時、遠くの方で、男たちの話し声がした。振り返ってみると、そのうちのひとりは、剛史だった。

「剛史！」

最後に別れた時と同じ元気な姿を見て、里佳子は安堵した。

「もう、心配したんだから！」

里佳子は、一歩ずつ歩み寄った。

「げ！　里佳子さん！」

「げっ？」

そう言うと、剛史は避けるようにあとずさりした。里佳子がはるばる神戸から広島まで来たにもかかわらず、久しぶりに会った剛史に予想外の反応をされたことが不本意だった。

里佳子が詰め寄ると、近付いた歩幅だけ剛史が遠ざかる。

「ちょ、ちょっと待って！」

剛史はまるで拒絶するかのように、両手の掌を大きく里佳子へと向けた。剛史の横にいる男が、ふたりの様子を見つつ、含み笑いを浮かべている。

「会いたくない時に、会いたい人のお出ましか」

すると、剛史は逃げるように、一段飛ばしでアパートの階段を駆け上がった。パンプスを鳴らしながら、里佳子は負けじと必死に追いかける。

「ちょっと、待ってよ！」

剛史は部屋に着くと、慌てて鍵穴に鍵をねじ込み、勢いよくドアを開けた。そして、里佳子が追いつく前に、ドアを閉じ、鍵を掛けた。

「ちょっと！　剛史！　開けなさいよ！」

里佳子は、何度もドアをけたたましく叩いた。

「ちょっと待って！　頼むから！　お願い！」

「どういうつもり!?」

「頼む！　風呂入るまで、ちょっと待って！　そしたら全部話すから！」

「風呂!?　部屋くらい入れてよ！」

「ダメ！　洗濯もしてないし！　本当にちゃんと話すから！」

「いったい、どういうこと!?　とりあえず、開けて！」

「ダメなんだって！　俺、嫌われたくないんだよ！　頼むから！」

彼の行動と、言葉の意味を理解できない。鍵の掛かったドアは、開きそうもなかった。里佳子は、仕方なく階段を降りると、先ほど剛史と一緒にいた男とすれ違った。彼からは、今まで嗅いだことのない異臭が漂っており、里佳子は無意識に両目を瞑ってしまう。

振り返り、もう一度男を見ると、ニヤニヤしながら、階段を上っていった。

里佳子は再び、アパートの植え込みに座った。選ばれし者が、こんなところに住むだろうか。ほんの少し前まで、生きてさえいてくれれば、と思っていたのが嘘のように、再び居心地の悪い違和感に包まれた。

しばらくすると、剛史が小走りに階段を降りてきた。

「本当ごめん！　寒かったよね！」

髪の毛はびしょ濡れだった。里佳子は呆れ顔で、必死に謝る剛史のあとに続いた。

「艦って、湿気やカビだらけでさ。暑くて汗もかくのに、昨日もシャワー浴びられなくて。それに、持ち物が臭うんだよ。里佳子さんの姿が見えた時、人生の終わりだって思った」

「それが、部屋に入れてくれなかった原因？」

「オイルと汚物が混ざったような、悪臭が漂ってたらどうする？」

一度艦に乗せた荷物は、艦のあらゆる匂いを吸収し、上陸したあとに、強烈な匂いを発するという。さっき階段ですれ違った男を思い出し、里佳子は眉間に皺を寄せた。

「目の前で、鼻でもつままれたら、俺立ち直れないよ」

里佳子を部屋に入れると、剛史は上着を着た。

「ごめん、飲み物も何もないから、ちょっとコンビニ行ってくる」

「別に何もいらないって」

里佳子が言った時には、既に玄関の扉が閉まっていた。洗濯機の横には、蓋が開いたままの柔軟剤がコロンのような香りが漂わせている。

殺風景な部屋を見渡すと、和室の襖が開いていた。布団は丁寧に畳まれ、洗濯と睡眠がとれるだけの部屋、としか言いようがなかった。写真立てが置かれ、剛史と撮った写真が挟まれている。よく見るとその写真立ては、剛史が神戸港へ来た時に一緒に買い物に出かけ、購入したものだった。知らぬ間に、プリントアウトし、部屋に飾る剛史を思うと、今までの緊張の糸が緩んだ。

しばらくすると、剛史は息を切らして帰ってきた。ペットボトルを開け、紅茶をマグカップに注ぎ、電子レンジへ突っ込む。シンク台に置かれた剛史のスマホが、何度もブルブルと震え続けている。

「ずっと鳴ってるよ？　出た方がいいんじゃない？」

「さっき俺の横にいたの、先輩なんだ。もうすぐ艦降りちゃうけど」

剛史は「メッセージだ」とスマホを確認すると、何やら照れている。

「八重先輩、里佳子さんのこと美人だ、って」

「ゴムの缶詰から降りて、久々に女性を見たからじゃない？」

「そんなことないよ。そういえば、里佳子さん、仕事は？」

「それは、大丈夫。ニュース、見たの……」

里佳子の言葉で、ふたりの表情から笑みが消えた。

「生きてるのか、死んでるのかもわからないし。もし、剛史に何かあっても、私はニュースでしか知ることはできない。葬式にも行けないし、死に顔も拝めない。そう思ったら、寂しくなっちゃって。今回は、行ってきますもなかったし、言えないのも仕事だって思うけど……なんか、剛史の顔見たら、安心しちゃって……」

言葉に反して、里佳子の両目からは涙が溢れていた。キッチンの冷たい床の上で泣き崩れる里佳子の姿に、剛史はどうすればいいのかわからない。

「ご、ごめん。里佳子さん、ごめん！」

剛史がティッシュを何枚も重ねて取り、涙を拭こうとすると、里佳子が両手で遮った。

「違うの……剛史を責めたくない。ごめんね……」

「ちゃんと、行ってきますくらい、言えば良かった……。ごめん……」

「潜水艦なんかいくらでも言い訳できるし……出港前も機嫌悪かったし、自衛隊って浮気する人多い、って言うし」

「浮気なんかしてないって！」

わざと拗ねたように、唇を尖らせる里佳子の態度を見て、剛史は里佳子を抱きしめた。

何ヶ月ぶりにハグをしただろう。お互いの香りや温かさ、肌触りが五感を通して伝わってくる。剛史は何度も、ごめん、と繰り返した。

「もし剛史に何かあったら、私は誰を恨めばいいの……？　これが国防？　お国のため？」

「里佳子さん……」

「自分の子供は、絶対、自衛隊なんかに入隊させないんだから……」

涙で歪んだ顔を里佳子に見られまいと俯こうとすると、里佳子が剛史の頬を両手で包み、キスをした。

「里佳子さん……」

「剛史……」

「これって……ＯＫのサイン、だよね？」

「……今日は、女の子の日」

里佳子がタイミング悪いよね、と、涙でグズグズの顔で笑う。もう、お互い笑うしかなかった。

リビングへ移動する時間も惜しむように、廊下でしばらく抱き合った。会えない時間が、ふたりの関係をより一層濃密にしてくれる。抜け落ちた時間を埋めるように、何度も唇を重ねた。

耐えきれない圧壊深度

「谷原、次はお前だ。第二応接室」

ＰＣに向かう里佳子の背中に、橘が声を掛けた。いよいよ里佳子の面談の順番がやってきた。

「ついにやったな」

橘の言葉の意味がわからないまま、デスクをあとにした。応接室へ向かう廊下を歩いて行くと、心拍数が上昇する。

ノックをし、「失礼します」と里佳子が言うと、中から返事が聞こえた。

中へ入ると、新しい部長がソファに座っている。里佳子も座るように促されると、重苦しい緊張が、里佳子の肩へのしかかる。

面談が始まると、すぐに社内考課の話になった。里佳子の背筋がピンと伸び、表情が引き締まる。

「前任の木下さんが、欧州支社の経理マネージャーの後任に、あなたを推薦してるんです」

里佳子は驚き息をのんだ。

飽きっぽい世間は、新たな連続殺人事件に着目し、つい三週間前の潜水艦の事故についてのニュースは、徐々にメディアから消えていった。

近々、再び出港するという剛史は、里佳子のいる神戸まで足を運んだ。この日は昼間まで寝過ごし、神戸に着いたのは、夕方を過ぎていた。行きたいお店も決まらず、以前行ったお店へと向かった。


「バッテリートラブルで浮上できなくなって、司令部と通信できないなんて、ホント恥ずかしい話だよな。無事に浮上できたから良かったものの、世間様を心配させやがって。危うく鋼鉄の棺桶になるところじゃないか。機関科のやつ、何やってんだよ」

先日の潜水艦の事故のニュースが酒の肴になったせいか、この日の剛史は、いつも以上に飲むペースが速かった。

「隊員も全員無事だったんだし、良かったじゃない。あんなことが起きるだなんて、私もびっくりしちゃった」

「命かけて艦に乗ってるのに……。しっかりしてくれよな。陸にいるやつはみんな幸せそうだよ。近々結婚する先輩も艦を下りるし。面倒見がよくて、頼れる先輩だったのに……」

里佳子は静かに剛史の話を聞いている。

「奥さんになる人が、艦を下りて欲しいって言ったんだって。艦に乗ってる隊員は、冴えないのばっかり」

剛史は自暴自棄のトランス状態に陥っている。里佳子はそっとしておくのが一番だ、と思い、敢えて剛史の傷口を広げるようなことはしなかった。

「今回、昇級できなかったんだ」

「それ、もう試験の結果が出たってこと？」

「それとこれとは別だよ。俸給の査定のことだよ。幹部の話はまだ上官に話してない……」

「それは、剛史のタイミングで決めればいいんじゃない？　業務の段取りもあるだろうし」

剛史は腑に落ちない表情を浮かべている。

「それに給料も下がった」

「残業泥棒すれば？　うちの部は、元々残業地獄だけど」

「残業なんて、元々ない」

「定時で終われるなんて、それはそれで羨ましいけどねえ」

「公務員は副業なんてできないから、給料下がると、どうにもなんないんだよ」

里佳子の態度に剛史は苛立ち、口調が強くなった。

「会社員だって同じだよ。バイトはできないし、次のボーナスだってカットだよ。世の中、納得いかないことだらけ。だからこそ面白いんだって」

「相変わらず、大人だな。電話だって用件が済んだら、すぐ切るし」

「寝てること多いから、悪いと思って」

「実は、明日から、出港なんだよ」

会社員は会社へ通勤する。サブマリナーは潜水艦に乗る。出港は当然のことだ。突然の出港も、もう驚くべきことではなくなっていた。

「上陸してからの仕事の方がキツいから、早く出港したい」

上陸すれば、電話もできる、距離はあってもデートもできる。出港すれば、お互い連絡も取れない日々が続くのに……。里佳子は胸の奥がチクッとした。

「長くなるの？」

「言えないの、知ってるだろ」

出港期間は守秘義務に抵触するため言えなくとも、今まではある程度の目処を暗に里佳子に教えていた。それがこの頃はどうも様子がおかしい。長期出港を経て、ふたりの潮目が変わってきていた。

「そうだね。言えないのも、仕事だもんね。私もそろそろ出向するか」

「出港？　どういうこと？」

「私の場合は、出向なんだけどね」

宙で「向」という字を書いた。竹上電工の本格的な再編へ向け、欧州の販路拡大を進めるために派遣される経理マネージャーに、里佳子の名が挙がったことを話した。

「なんで？　いつから？　どこに？」

「潜水艦で行くから、言えないんだよねー」

「ふざけてないで、ちゃんと話して」

「ドイツのデュッセルドルフ。日程は調整するからまだわからないけど、再来月かな。今回は三週間ぐらい滞在することになると思う。正式に決まれば、子会社付けになって、出向することになるね」

「出向は、どれぐらい行くの？」

「何ヶ月なのか、何年になるのか、今の時点ではわからない」

剛史は背中を丸め、腕組みをしている。

「断れないの？」

剛史の声が、いつになく弱気だった。

「現地に行って、考えようと思う」

「俺、もう、遠距離……キツい」

呉と神戸は遠距離ではない、と剛史は大きな太鼓判を押したはずなのに、胸に亀裂が走った。

「今さら、何？」

「会いたい時に、会えないからだよ……」

か細い声を絞り出すように、里佳子に告げた。

「実は、先週有給だったから、広島に行こうかな、って考えてたの」

大人な里佳子にだって、寂しい気持ちはある。剛史に会いたかった。

「そんなこと、ひと言も言ってなかっただろ！　忙しくなる前に呉まで来てくれても良かったのに！」

剛史の声のトーンと、音量も一気に上がる。

「言おうと思ってたけど、眠いって言うから、話せなかったの。会いたい時に会えないのは、遠距離だけの問題じゃないよ」

里佳子が途轍もなく成熟した女性に見えて、剛史は自分が不甲斐なく思えた。

「もう、里佳子さんのことなんか、嫌いだ」

「どうしてそんなこと言うの」

「俺もよくわからないんだよ」

やはり恋愛初心者の潜水艦乗りと、遠距離からスタートするなんて、そもそも無謀だった。

剛史の態度を目の当たりにした里佳子は、会計を済ませると足早にタクシーを拾う。ふたりは、お互いそっぽを向きながら、車窓から真っ暗な夜空を睨んでいた。まもなく駅に着くはずなのに、剛史は口を閉ざしたままだ。

「しばらく会えないね」

剛史は何も答えなかった。出港中に里佳子の出張の日程が決まり、帰港した頃には里佳子が出張しているだろう。

「そっか。長い出港の前に……何か言うことない？」

「軽い言葉は、言いたくない」

今日は長期出港前の、最後のデートだった。二ヶ月近く、また音信不通になる。里佳子の気持ちは、何もない空虚な場所に置き去りにされたようだった。

タクシーを降り、里佳子はホームまでついて行く。今まで、黙っていた里佳子が口を開いた。

「自分の気持ちを正直に言うことは、そんなにも軽いことなの」

背中を向けていた剛史が振り返った。

「出港する俺だって不安なんだよ。口に出せば、辛いだけだ」

「私だって辛い！　剛史だけじゃないんだよ？」

「俺達は、外の世界と完全に隔離されたとこに、何日も何週間も何カ月もいるんだ！　里佳子さんは会社の人や、友達と飲みに行ったり、出会いだっていっぱいあるだろ！　里佳子さんと同じじゃない！　俺の方が、何百倍も辛いんだよ！」

剛史は突き刺すような鋭い視線で、睨みつけてくる。

「出港は辛いと思う。想像以上に、大変な仕事だと思ってるよ。でも、出港するから何？　逃げ道にしてるだけじゃない。そうやって潜水艦のせいにして、文句言ってればいい！」

「どうせ、あんなでかい会社を辞めて、俺に身を任せる勇気はないんだろ！　里佳子さんは、俺がいなくても生きていけるだろ！」

吐き捨てるように言った。

「仕事を理解してほしいって、言わなかった？　剛史がいなくても生きていかなきゃいけない、サブマリナーと恋愛するって、そういうことじゃないの？」

里佳子は剛史を直視し、全く怯《ひる》まない。

「結婚相談所で出会ったからって、そんなんじゃなくて、ただ……これからのこと、どう思ってるか知りたかった。でも女には、男と結婚するか、それとも仕事と結婚するか、判断を迫られるタイムリミットがあるの！　肝心なことは何も言ってくれない。その方が、もっと辛い……！」

剛史は顔の筋肉が引きつり、頭から冷水を浴びせられたような顔をしている。

「私は都合の良い女になんかなりたくない。出港中に、よく考えた方がいいよ……辛いのは剛史だけじゃない！」

里佳子はくるりと踵《きびす》を返し、剛史に背中を向けてホームから下りるエスカレーターに乗った。

「里佳子さん……！」

剛史が声をかけるも、決して振り返らない。広島行きの最終新幹線の発車のベルが、けたたましく鳴り響く。乗らなければ、明日の出港に間に合わない。

「クソッ……！」

発車を知らせるランプが、真っ赤に光る。飛び乗ると、剛史の背中を掠めてドアが閉まった。

窓からホームを振り返っても、里佳子の姿はどこにもなかった。新幹線は、鈍い音と共に、神戸の街を発った。

列車は真っ暗な暗闇の中を進んでいる。いったいどこを走っているのか、わからない。サブマリナーは漆黒の鋼の塊に乗り、暗い海の底深く潜っていく。里佳子が最後に言い放った言葉が、頭の中を何度も駆け巡った。

出港直前の早朝、もうとっくに春の到来は告げられたはずなのに、冷ややかな風に吹かれ、呉港は穏やかとは言えない波を立てている。

目の前と同じ景色を拝めるのは、季節が変わった夏になるだろう。鼻につく潮の香りも、ハッチが閉まれば恋しくなる。湯浅と小山が、乗船前に手荷物のチェックを受け、まもなく剛史の順番が来る。ギリギリまでスマホの電源を落とせなかった。何度画面を見直しても、里佳子からの連絡はなく、表示された時計が虚しく時を刻んだ。

そして、冷たい海水を被り、深く潜れば潜るほど、胸が締め付けられた。

十年近く潜水艦に携わってきた。怖いと思ったことはないが、出港と上陸を繰り返す、無限のループに苦しめられてきた中で、一番嫌な出港だった。食欲もなく、眠気もない。ソーナー室でモニターを睨み、ベッドフォンを嵌めても、集中力がもたず、何度も瞬きをする。額からはじっとりと、汗が滲み出ていた。

――出向しないで。

里佳子に言わなかったことを後悔した。昼食も喉を通らない。臭いを嗅ぐだけで、嫌悪感でいっぱいになる。やがて苦い胃液が喉の奥にまでせり上がり、食事中にトイレへ駆け込んだ。

「おい、陣？　どうした？　看護長呼んで来ようか？」

トイレの扉を開けると、田所の後ろに、大川も立っていた。

「お前、船酔いだけじゃねえじゃろ？」

それを認めては、剛史の男としてのプライド、そしてサブマリナーとしてのプライドが許さない。剛史は軽く会釈すると、何も答えず食堂に戻り、自分のそのまま食べずにトレーを片付け、居住区へと姿を消した。

剛史はベッドに上がる気力さえなく、しばらくその場に腰を下ろした。

里佳子に反論された時、胸の一部を切り取られるほど痛く、辛かった。そして、自分の心の内を、まじまじと見透かされているみたいだった。

サブマリナーは選りすぐりの集団だと自負していた。青くさいと思われたくなかった。里佳子に釣り合うよう、いっぱい背伸びした。そして、潜水艦の仕事の辛さや、苦しさを押し付けた。

それでも、里佳子は平気だった。いくら出港しようが、連絡が取れまいが、平然としていた。冷静で論理的に考える里佳子の態度に全く自分が敵わないことが、悔しかった。

食事を終えた田所が、剛史の様子を窺いにきた。

「里佳子さんのこと？」

「なんで俺って……こう……ダメなんだろ」

田所は青い作業着のポケットに両手を入れ、剛史の横に座り込んだ。

「俺も、嫁と何回喧嘩したかわからんよ」

剛史は頭を抱え、ボソッと吐いた。

「俺、この仕事に向いてないのかもしれません……」

里佳子と一緒にいる時間が長くなるほど、離艦したい気持ちが強くなり、自信を失った。優しい言葉をかけてくれると期待し、里佳子に辛く当たったことを後悔した。

「こが疲《つか》れ《れ》た《た》じゃ……」

思わず弱気な言葉が青森弁で出る。

三段ベッドの真ん中で横になり、持ってきたハードカバーの最後のページに、里佳子と撮った写真を挟んでいた。結婚相談所に入れば、平穏なお付き合いができると思っていたのに、里佳子に出会った時、べったりとアクセルを踏み込み、大火傷《おおやけど》しそうなほど恋焦がれた。

陸での重労働があるわけでもなく、規則的にワッチがくるくる回り、同じ生活が何日も反復する。鉄の塊の中は、持て余すほどに時間があり、嫌でも考えが整理された。

サブマリナーの適正とは何だ、身体適正はもちろんのこと、忍耐力、チームワーク、ブレない平常心だろうか。いや、もしかしたら、一般社会に適性がないやつに、ドルフィンバッチを与えられるのかもしれない。

仮眠を取っていると、轟音と共に艦内が激しく揺れ、ベッドから転げ落ちそうになった。

艦は左へ大きく傾き、けたたましく鳴り響く非常音が、両耳の鼓膜を刺激した。

乗組員全員は既に持ち場につき、剛史はひとり遅れをとっていた。幹部の悲鳴にも似た怒号が飛び交い、あちこちのバルブから容赦なく水が噴き出してくる。

あっという間に、全身びしょ濡れになり、海水が目に染み、チリチリと痛んだ。緩んだバルブを閉めようとするも、傾いた艦のせいで力が入らず、尋常でない水圧が掛かる。気が緩んだ瞬間に、握っていた鉄板が吹き飛び、体ごと床に滑っていった。

「陣野！　てめえ何やってんだよ！」

「お前のせいで、ここにいる全員が海の底に沈むんだ！　わかってんのか！」

「手動かせ！　この馬鹿野郎！」

必死に手を動かすが、いくら閉めても、水が吹き出し続ける。その時、艦がぐらりと揺れ、パニックになって叫ぶ乗組員の声と共に、上下左右の感覚がなくなった。鉄壁に自分の頭が叩きつけられ、意識が朦朧《もうろう》としている中、海水がもの凄い勢いで艦内に流れ込んできた。あっという間に足元を掬《すく》われ、襲い来る流れにのまれた。

――死ぬ。

目を開け飛び起きると、上のベッドの底に頭をぶつけた。

剛史は悪夢にうなされていたのだ。

「いてえ！」

咄嗟に剛史がベッド脇のカーテンを開けると、上の段でまだ起きていた加藤もカーテンから首を出した。

「どうしました？」

「なんでもない……」

全身から嫌な汗が滲み出て、胸の鼓動が速い。脳内に残るあの声は、かつての教官だった。なじられ、怒鳴られ、酷い時は殴られた。あの鬼教官に浴びせられた怒号が、未だに頭にこびりついて離れない。

ベッド脇の通路に降りて自分の腕時計を見ると、まだ日付は変わっていない。艦がスノーケルに向け大きく傾き、艦内に唸り声のようなエンジン音が響き渡っていた。

サブマリナーが潜り行くところは、大海なんかではない。狭くて居心地の悪い、自衛隊という狭い世間の中なのだ。ポカンと開いた小さなハッチへ吸い込まれ、長期間その狭い世界へ閉じ込められると、くだらない選民思想に支配される。つまり俺は、自分自身に酔い、驕《おご》っていたのだと剛史は思った。

瞼が、じーんと熱くなり、喉の奥が詰まって圧迫される。恋愛とは、こんなに苦しいものだということに、剛史は初めて気がついた。自分がサブマリナーで、何週間も連絡ができないからすれ違うのだろうか。だから、上手くいかないのだろうか。いや、それだけではない。自分の幼さにも原因があったのだ。

里佳子に会いたい、そう思っていると、いつの間にか、非現実の世界へと潜っていく。

里佳子と浸った幸せな時間は儚《はかな》く、もう過去の水泡となり、消えてしまいそうだった。

そんな剛史の姿を見ていた大川が剛史のベッド脇に立っている。

「おい、起きろ！」

グズグズしている剛史の胸倉を摑み、ベッドから引きずり下ろした。

「何なんだよ！」

そして、剛史を廊下に叩きつけた。

「俺は、今、幹部になりたいと上官に話してきた。里佳子さんと何があったんか知らんけど、陣は結局そこまでの人間なんじゃ。幹部になんかなれん、結婚もできん半人前じゃ！」

家族を顧みず、浮気までしている大川に偉そうに言われたことに、剛史の堪忍袋の緒が切れたのだ。

「お前！」

そう言うと剛史は大川の胸倉に摑みかかった。

「何が幹部になりますじゃ！　偉そうなこと言っときながら、ちょっと女と喧嘩したら艦のなかでグズグズ。皆の迷惑になるじゃろ！」

仮眠していた田所が、慌ててベッドから降り、ふたりを止めようとする。上官にことがバレると、問題になる。

「おい！　お前らやめろ！」

小山と湯浅も必死になってふたりを引き離した。田所が剛史の腕を摑み、別の廊下まで連れていく。

　そして、穏やかな声で話し始めた。

「陣、何があったん？」

　剛史は苛立ちから、涙目になっていた。

「喧嘩したん？」

　剛史は両目を固く瞑ると、大きく頷いた。

「なんで喧嘩したん？」

「里佳子さん……、ドイツに転勤になるかもしれないって……。転勤を承諾するか、現地でよく考えるって……。俺のことなんか、どうでもいいんですよ……」

「陣、それは違うけん。里佳子さんは、陣がおるから、考えるんよ。陣がおらんかったら、もう既に転勤しますって、言うとるんじゃなかと？」

「あ……」

　剛史はハッとして顔を上げた。

「陣が幹部になること、里佳子さんが一番楽しみにしとるはずなのに、お前のこと何も考えてないはずないやろ」

「そっか……」

「ずっと艦に乗っとったらね、外の世界がわからんけん、人の気持ちもわからんようになるんよ。俺も嫁と今までどれだけ喧嘩したかわからん。大川もあんなこと言っとったけど、あいつ後悔しとるんよ、もう上官に言うてしもたって。だからわざと大川は、あんな態度とったんや思うよ。ちゃんとお前が考えて、お前のタイミングで上官に言ったらええんよ」

「……はい」

田所の言葉と里佳子の言葉が重なる。そこにまた、剛史は自分の弱さを照らし合わせた。

剛史は田所に迷惑をかけたことを詫び、再びベッドへと潜り込んでいった。

＊

デュッセルドルフにて勤務し始めた里佳子は、初めて迎えた休日にベッドで目を覚ますと、思い切り伸びをした。思いの外、仕事はとても新鮮だった。

欧州部門の管理者として、職場全体を牽引していくことには忍耐が必要とされるが、新天地での新しい境遇には、めいっぱい好奇心がくすぐられた。

剛史がいつ帰ってくるのかも知らされていないので、敢えてスマホの電源は落としたままだった。

身内や友人とはPCのライブチャットをするので、特に何も困らない。出張中は、一度剛史のことを頭の中から排除して、自分は本当にこの仕事を続けたいのか、ニュートラルな状況で判断したかった。

カーテンの隙間から、太陽の光がこぼれ出ている。新鮮なサラダと、温かいミルクに、芳ばしい香りが漂うパン。現地のテレビのニュースを大音量でつけ、じゃぶじゃぶと洗濯をするあいだに、バスソルトをたっぷり入れ、湯に浸かる。

里佳子は、出向については決めかねているが、束の間の休日を満喫していた。昼下がりには電車を乗り継ぎ、母校へと足を伸ばした。構内に設けられたカフェでコーヒーを買い、気の向くままに散策した。

校門から離れた場所に佇む、教会へと足を運んだ。屋根には苔が生え、敷き詰められた赤煉瓦の外壁は、ところどころ剝《は》がれ落ち、コンクリートが剥き出しになっている。献金を終え、キャンドルに火を灯し、ステンドグラスが嵌められた窓のすぐ横の椅子に座った。

あれからもう十年以上経ったのに、またここに帰ってきた。

元カレを思い出す。稼ぐ男は魅力的だった。買い与えられた物を身に纏う自分の姿を鏡に映し、くだらない見栄の戦に勝った気になっていた。だが、男が言う幸せだ、とか、愛してるなんて言葉は、女を括り付けておくための、恐ろしい呪文。結婚すれば幸せ、子供を産めば一人前、独身は孤独だというのは、全ての人に共通な定義ではない。

結局は、結婚してもしなくても不幸だし、幸せだ。そして、結婚してもしなくとも、人は後悔をするだろう。結婚して、子供を産むから幸せになるわけでもない。独身を貫くからと言って、不幸でもないんだ。

師と崇める木下部長は左遷され、橘は孤独だという。里佳子は仕事というステージで、ようやく自分を試すことができるというのに、どこかで人生を、楽しめずにいた。

仕事は結婚に至るまでのモラトリアムではない。思い悩む時、ふと視線を落とした先にある自分の掌を見つめれば、幸せをしっかり握りしめていたはずだ。仕事や家族、友人や恋人に囲まれ、満ち足りていたのに、不完全で未完成な人間は、いつも手の中にある幸せを忘れ、より一層の完璧を求めようとする。何故他人のようになりたがろうとするのだろう。里佳子は、細い指先を組み、何にともなく祈りを込めた。

＊

そして同じ頃日本で剛史は二ヶ月ぶりに、陸の土を踏んだ。新鮮な空気を胸いっぱいに吸い込みながらハッチをのぼると、梯子に降り注ぐ日の光があまりにも眩しくて目に沁みる。重くて辛い、長い日々だった。青い空を眺めても、心の中には濃い霧が立ち込めているようだった。

スマホが返却され、すぐに電源を入れると、里佳子からの不在着信が一件あった。出張前に仲直りしようの電話だったのだろうか。いろいろなことが頭を巡ったが、里佳子は何も告げずに、デュッセルドルフへ旅立っていた。里佳子はもう日本にいない。

「里佳子さんから、連絡は？」

田所に剛史は静かに、はい、とだけ答えた。

「出張なんか？　本当は日本にいるかもしれんね」

里佳子が子供染みた小細工をするとは思えず、不安が脳内を往復したが、剛史は堂々としていた。

艦が港に戻って来る前に、剛史は艦長に呼ばれ、部屋に入った。普段使われているベッドは折り畳まれ、ソファになっている。より一層狭い艦長室で、艦長との距離がとても近い。

「陣野、話があるそうだが」

「はい」

艦長に問われると、より一層緊張感が高まった。

「自分は、幹部候補生試験を受けようと思っています」

「部下が幹部を目指すということは、私にとってとても喜ばしいことだ。では、上陸した時に、私の方で手続きをするが、いいな？」

「はい」

剛史の目にも、言葉にも迷いはなかった。

ひたむきに次なるステージを追い求め上昇し続ける、里佳子の姿を好きになった。里佳子がいるから、自分も挑戦しようという気持ちになれる。

ドルフィンバッチを手にした時の気持ちを、剛史は思い出したのだ。この艦を、仲間を背負っていく、そんな覚悟を決めたはずだった。出港を重ねるうちに、周りの誘惑に負け、決めたはずの覚悟や自信が薄らいでいた。

そんな時に、里佳子に出会ったのだ。全く違う環境で生きて来たふたりが、縁あって出会い、お互いを磨く石となる。磨かれる内は、身が削られ痛い思いをするが、それが徐々に輝きを増してきたのだった。

「俺、イルカなんだもんな」

剛史はまた、胸元のドルフィンバッチに視線を向けた。

季節は夏に変わり、二ヶ月近く帰らなかったアパートへ戻ると、部屋の中がジメジメとする。剛史はベランダの窓を大きく開けた。

洗濯機を回し、湯船にはめいっぱい湯をはる。肩まで湯に浸かると、ハァと深く息を吐いた。抑圧された緊張感が、少しずつ緩み始める。

風呂上がりに服を着ようとするも、どれも長袖ばかりだった。半袖のTシャツをクローゼットの奥から引っ張り出すのに、ひと苦労した。

夜、眠りにつく前に、里佳子のスマホにかけてみたが、圏外のアナウンスが虚しく流れるだけだった。

「なんでサブマリナーみたいなことするんだよ……」

伝えたいことはたくさんあるのに、剛史には手段がなかった。

それから数週間が経った六月の末に、里佳子を乗せたエアバスは、定刻どおり関西国際空港に到着した。報告書を提出し、顔を見せてから家路に着こうと考え、里佳子は会社に向かった。

＊

「里佳子先輩！　お帰りなさい！　三週間お疲れさまでした！」

矢崎の声で、部署の馴染みの顔がゾロゾロと出迎えてくれた。

「谷原、ご苦労だった。もう一九時だぞ。大遅刻じゃないか」

橘のボケに、一同の顔が綻んだ。

「帰りの飛行機で報告書を仕上げたので、先に出しておこうかと思いまして」

「ああ、わかった。未承認ボックスへ入れておいてくれ。レポート出したらさっさと帰れよ。この土日は、俺もしっかり休ませてもらうからな」

「はい、ありがとうございます」

そう言うと三週間ぶりに帰って来た自分のデスクについた。部内の匂いも、温度も、仲間の顔も、懐かしい感じがする。里佳子は、ラップトップに充電コードを繋いだ。

「谷原先輩、ドイツ土産とか、あるんですか？」

大河内が資料を抱え、ニヤニヤしながら尋ねた。

「あー、月曜日ね。空港からスーツケースを宅配便で送ってもらうようにしてるんだけど、その中よ！」

「俺、グリューワインって、読んでたんですけど！」

「馬鹿矢崎、職場に酒なんか持って来たらまずいでしょ」

「谷原が帰ってくると、なんかこう空気が違うな」

橘が、椅子の背にもたれかかり、二枚目の顔に笑みを浮かべている。

「里佳子先輩」

矢崎が椅子に座ったまま、里佳子にすり寄ってきた。

「先輩が出張中、あの陣野って男から電話かかってきたんですよ」

「ええっ!?」

聞けば約一週間前のことだったという。広島のロイヤルホテルで会った陣野剛史と名乗り、矢崎宛に電話してきたらしい。

里佳子の声があまりにも大きく、フロアに響き渡った。


会社で雑務を終え、スマホの充電が完了すると、剛史から『帰ってきた？　今日、神戸に行くね』とのメッセージが来ていた。

剛史はどうやら、矢崎から帰国する日程を聞き出したらしい。

「何よ。自分はいつ帰ってくるかも言えない癖に。反則じゃない」

何がサブマリナーだ、何がソーナーマンだ。剛史に言ってやりたいことは、山ほどあった。しかし、また機敏に泳ぎ回るイルカが、神戸まで泳いでやって来てくれると思うと、それも今となってはどうでもよくなった。

剛史の仕事を理解しようなんて、思わなくても良かったのではないか。声を聴きたい時、会いたい時、もっとわがままをぶつければ良かった。あの日逃げ道も用意せず、剛史に畳みかけた言葉は、里佳子自身に対する自問でもあった。

家に帰り、部屋を片付け、エントランスまで降りた。まだ剛史の姿はない。紅く広がる夕焼けを見ると、優しい気持ちになった。また、季節が一つ変わり、あの暑い夏が来る。

「もうそろそろ、焦った方がいいのかな」


バイクのエンジンが、マンションの壁に鳴り響いた。てっきり新幹線で来ると思っていたが、現われたのは黒の隼だった。フルフェイスがこちらを見て右手を挙げる。顔は隠れているが、ナンバーは剛史に間違いない。

「剛史？」

そろそろと、バイクに近寄ると、懐かしい顔が、素早くヘルメットを置く。

あんな別れ方をしたのが、季節も異なる三ヶ月前だ。里佳子は、どんな顔をすればいいのかわからず、何も言わずに、ただ懐かしい剛史の顔を見つめていた。

「里佳子さん……ごめん……」

剛史から抱きしめられた。薄着になったせいだろうか、微かに香る洗剤の香り。剛史の体温がダイレクトに伝わってくる。

「元気してた？」

抱きしめられたまま尋ねると、剛史は小さな声でうん、と言い、もっと強く里佳子を抱きしめた。帰宅する人の目も気にせず。


「お疲れさま」

里佳子はそう言って、冷えた缶ジュースを注ぎ、剛史の前へ差し出した。

突然、カウンターの上に置いたスマホが震えた。画面を上に向けていたせいで、発信元が結婚相談所だと、剛史に丸見えだった。

「まだ、退会してないの？」

「だって私のこと、嫌いじゃなかった？」

里佳子は悪戯っぽく、顎を突き出し呟いた。

「ごめん……」

「本当に嫌いになれば、言えばいいよ」

冗談で言った里佳子の言葉が、まるでボディーブローのように、剛史のみぞおちにヒットする。

「ごめん……なんでだろ……情けねえな……」

剛史は、堰《せき》を切ったように泣き始めた。休みもなくぶっ通しの二ヶ月近い出港が、平気なわけがない。

　そんな剛史の涙を見ると、里佳子の胸が締め付けられ、そっとハグをした。

「里佳子さん、ごめん……もう出港……辛いよ……！」

「剛史……」

「俺、仕事辞めて、民間に就職したって今みたいに稼げない……。俺にはこの仕事しかないんだよ……」

　里佳子は黙って、何度も頷いた。

「里佳子さんは大人で、俺よりずっと強い……。こんな弱音吐いたら、嫌われるんじゃないかって。里佳子さんが思うほど、俺、強くないんだよ……！」

「剛史……」

　里佳子の目からも、涙が溢れた。嗚咽《おえつ》が消えるまで、ずっと剛史の背中を優しく撫でた。子守をする母親のように。現に今夜の剛史は子供だったかもしれない。子供で良いんだ。

　剛史は向き直り、真正面から里佳子を見つめる。

「俺、ちゃんと幹部候補試験受ける。もう、艦長にも話したし、腹もくくったよ。だから、里佳子さんとずっと一緒がいい……」

　里佳子を強く抱きしめた。

「……わかった」

　剛史は里佳子に向き直ると、彼女も泣いていることに気が付いた。剛史は瞬きをすることすら忘れ、里佳子の瞳の奥をのぞき込んでいた。

「今日……泊まってもいい？」

里佳子が黙って頷くと、剛史は里佳子の華奢な指先を何度も握り、里佳子に唇を寄せた。これまでお互い必死で自分を守り、我慢を重ねていた。本当は求め合いたかった。甘えるように何度も肌を合わせ、キスをした。里佳子の背中を這う指はぎこちなく、視線が交差する度、見つめた瞳を逸らす。そんな不器用な剛史を受け入れるかのように、里佳子は両手で剛史を包み込んだ。

里佳子の温かい人肌と、柔らかい感触が堪らなく心地よかった。大切に愛でるように、何度も朝まで抱き合った。


「おはよー！　朝だよ！　めっちゃ天気いい！」

カーテンを勢い良く開けたのは里佳子だった。寝癖だらけの剛史が、寝ぼけまなこを擦り、何も着ていない上半身を起こした。

「ん、おはよ……」

眩しい光が瞼を突き抜け、里佳子からまるで後光が差しているようだった。

「ねえねえ、出かけよ」

「ん……」

里佳子は裸足のまま、ペタペタと廊下を抜け、ピピッと洗濯機のスイッチを入れた。

剛史はまだ夢の中から完全に覚めきっていないまま、よろよろと洗面所に向かう。歯ブラシを口の中に突っ込んだところで、里佳子が顔を出した。

「隼ライダーしてね」

一方的に告げ、剛史の答えも待たずに、キッチンへと消えていった。


剛史はバイクに跨り、ナビを入力しながら里佳子に尋ねた。

「ハーバーランドまで行くの？」

里佳子は、ヘルメットを被り、既に隼の後部で準備を完了している。

「そう！　ハーバーランドに行って、里佳子さんの好みのお店でブランチ！」

「了解」

剛史はヘルメットを被り、敬礼する真似をすると、エンジンをふかし、グリップをぐいっと捻った。

里佳子は後ろからギュッと剛史につかまり、指図しながら行く先を急かす。

「早く行かないと、混むんだってばー」

「まだ十時だから、ランチのお客さんいないだろ」

「前見て！　青！　青！　早く！」

艦に乗ったら、日の光が当たらないんだから、そう言ってオープンカフェを選んだのは里佳子だった。剛史は日向に椅子を向け、日光浴をしている。

里佳子はパラソルの下で、ドイツで買ってきた小説を読んでいる。読書をする時にだけかける里佳子のメガネ姿が好きで、剛史はこっそり、写真を撮った。

「ちょっと、アンタ、何撮ってんのよ」

剛史はクスッと噴き出した。里佳子に「アンタ」と呼ばれるのも好きだった。

「別にいいだろ？　次、出港する時、この写真持ってくんだ。次も長いんだから」

「長いんだ！」

「なんだよ。俺が出港するの、嬉しそうだな」

「長い休み、もらえないの？　休み合わせてどっかいこうよ」

長期間出港するからと言って、長い休みがもらえるわけではないが、里佳子の言葉が嬉しかった。


手を繋ぎ、飽きるほど歩いた。見つめ合って愛を語ることは、当たり前のことではない。手の中にある奇跡を見つめれば、突如、世界は色鮮やかに変わる。

ふたりが出会ってからこれまで抜け落ちた時間を埋めるように、防波堤に沿って歩き、腰をかけた。

「日焼けするの嫌だろ？」

左手は里佳子の右手を握ったまま、掌を里佳子の額にかざした。

「ねえ、剛史」

「ん？」

「ありがとう」

「急にかしこまってなんだよ」

左肩で、里佳子を小突いた。

「サブマリナーの彼女ってね、普通の恋人ができない経験ができるの」

剛史は里佳子のまっすぐな瞳に、吸い込まれそうになっていた。

「長いあいだ、連絡取れないからこそ、お互いを信用できる絆が、誰よりも必要なの。そんな境遇を、きっと私たちは与えられたんだよ」

海を直視する、綺麗な里佳子の横顔をじっと見つめた。

「里佳子さん……」

「青空の下でめいっぱい深呼吸できて、話ができることが幸せ、って思えるのがサブマリナーの彼女なの。幸せって目の前にあるんだって、剛史に出会って、いろんな世界を知った。剛史が答えだったんだよ」

里佳子はぎゅっと剛史の手を握った。

「好きになってくれて、ありがとう。こうやって、一緒に海を眺めてくれて、ありがとう。それから――」

剛史にもたれかかって、告げた。

「――私の傍にいてくれて、ありがとう」

剛史は里佳子に頭をくっつけた。

「俺、里佳子さんのこと好きになる度に、自分に足りないものばかり数えてた。その度に辛くなって、どうすれば自分が傷つかないか、そればっかり考えてた。俺、臆病者なんだよな」

「変わろうなんて、思わなくていい。そのままでいいんだよ」

「俺こそ選ばれし者だ、なんて思ってたのに、里佳子さんには全然通用しなくて。だから、いつか俺みたいなのは、飽きられて、捨てられるって思ってた。ずっと好きでいてもらえる自信がなかったんだ」

考えすぎよ、といいながら里佳子は眩しく笑う。

「俺には、この仕事しかない。潜水艦に乗れるのは、俺なんだ」

「それで、いいじゃない？」

里佳子に褒められ、剛史は照れた。そして、次の出港について、剛史から口を割った。

どうやらまた長くなりそうだ。

「絶対、待っててくれる？」

「絶対よ。ちゃんと待ってるから」

数組のカップルや家族連れ、若者がいるのに、人目も憚《はばか》らず剛史からハグをした。

「じゃあ、もう一個約束」

そう言うと、剛史は里佳子の腕を解き、右ひざを立て、ひざまずいた。

外国人がするプロポーズの仕草に里佳子は驚き、両手で口元を覆う。剛史のジャケットの右ポケットから出てきたものは、小箱だった。両手で開くと、キラリと光ったリングが入っている。

「里佳子さん、結婚してくれますか？」

そう言うと、剛史は立ち上がり、里佳子を思い切り抱きしめた。

「YES!!　ホントに私でいいの？　ホントに？」

「里佳子さんが、いいんだって。あ、指輪」

慌てて里佳子の指先に手を這わせ、薬指に指輪を嵌めると、サイズがぴったり合った。

「え？　ピッタリ！　どうして!?」

「初めて里佳子さんちに泊まったときに、リボンで測ったんだ」

剛史は照れたのか後頭部を摩る。

「あの時に、もう決めてたの!?」

「里佳子さんも、俺みたいにきっと鈍いんだよ」

剛史にそう言われ、里佳子は照れたようにはにかんだ。

「俺たちで始めよう。これから」

「うん！」

指輪を嵌めた里佳子の姿を嬉しそうに見つめながら、剛史は口を開いた。

「ところで、ドイツはどうだったの？」

「そうだね。これが新しいフィールドか、って思うとワクワクしながら仕事ができたかな」

「里佳子さん、もし悩んでるなら、俺に気にせず出向を承諾してくれていいよ」

里佳子は意外な答えに目を丸くした。

「本当に?」

「うーん。本当は半年くらいだったらいいんだけど……」

そういうと、剛史は笑いながら鼻の頭を掻いた。

「山下の経営立て直しにみんな躍起になってるんだけど、出向すると人件費かかるからさ、期間は短くなるみたいなの」

里佳子がそういうと、剛史の顔が明るくなった。

「俺、幹部候補生試験受けるって艦長には話したんだけど、そんなすぐに受けられるわけじゃなくて。試験に受かったら、一年間は呉で学校に通うんだ。今みたいに長い出港もなくなるから、その時一緒に住めたら……」

「じゃあ、長くならないようなら、行ってもいい?」

「うん」

剛史は笑顔で頷いていた。

エピローグ

過去最低の赤字決算を発表した竹上電工は、上層部が血眼になってカネをかき集め、トップダウンによる、不動産の売却が進められた。そして半年後に、見事にV字回復を果たし、株価は底値から倍近くに躍進した。

財務経理部にも大きな変化があった。橘はジュネーブにある現地法人の副社長として出向し、矢崎は希望すらしていないマーケティング部へと異動になった。大河内のみ部に残り、木下部長は早期退職し、里佳子のデュッセルドルフへの出向は、経費上、半年間のみの条件付きとなったのだ。

デュッセルドルフでの任期は何ヶ月か残っているが、里佳子は有給休暇を取り、呉を訪れていた。ドイツからの飛行時間を考えると、呉へ通うことなど里佳子にとっては大したことではなくなっていた。

出向の背中を押したのは剛史だった。ようやく里佳子の実力を試すことができるステージが来たのだから、と。

連絡が取れなくても、遠いところにいても、帰ってくる場所がひとつあればそれでいいと、里佳子の心の奥底にある本音を見透かしていたのは剛史であり、何よりも里佳子の意思を尊重してくれたことが、彼女にとって一番ありがたいことだった。

デュッセルドルフと呉を行き来するのは、簡単ではないが、やはり出向を決めて良かったと、里佳子は思っていた。

やらない後悔は、きっと一生消えない、と里佳子はわかっていた。

「剛史、忘れ物ない？　ねえ、この充電器は？」

「やべ。それ持ってくDSのやつだ」

そういうと、肩にかけた鞄をドンとおろし、コードをぐるぐる巻きにして、充電器を詰め込んだ。

「じゃあ、気をつけてね。行ってらっしゃーい」

「あ」

「なになに？　今度はなに忘れたの？」

慌ててリビングへ忘れ物を捜しに行こうとする、里佳子の腕を引っ張った。

「……行ってきます」

そう言うと、剛史は黙ってハグをした。

「気をつけてね」

うん、と頷くと、剛史はため息をつきながら、玄関のドアを開けた。今回の出港も「相当長い」らしい。

「もうすぐ幹部になるんだから！　大丈夫！」

そう言いながら里佳子が、背中をバンバン叩くと、その反動で外へ飛び出した。

気取って敬礼をし、廊下の奥へと消えて行った。里佳子もサンダルを履き、古びた官舎の廊下へ出る。

雲ひとつない澄み渡った青空が広がり、爽やかで心地いい風が部屋の中へ流れ込んだ。今日の出港も問題なさそうだ、と考えながら頬杖をつくと、一階に剛史の姿が現れる。両手を振れば、剛史は照れたようにはにかみ、艦へ向かって歩き出した。

今まで以上にふたりで過ごせる時間は増えたことだし、ほんの些細な当たり前の出来事にも、幸せを感じることができる。

一緒にいられないのがサブマリナー。夫であって夫でない。長らく顔も見られなければ、今後出産にだって立ち会ってもらえないかもしれない。

当たり前のことが当たり前でない仕事がサブマリナー。そんな剛史は里佳子に、価値観を再設定する機会をくれた。それは、里佳子にとっての最高のプレゼントとなったのだ。

出港はこれからも続く。剛史を乗せた艦は海水を被り、幾度となく海の底深く消えていく。そんな辛く長い出港があるからこそ、一緒にいられる時間に、幸せを感じることができるかも知れない。

剛史が海の底深く潜るたびに、里佳子は幸せの欠片を拾い集めることができるのだった。

ハッチが閉まり、合戦準備のランプが点灯すると、再び広く深い海へと出港した。


〈了〉

あとがき

『ダイブ！　～潜水系公務員《イルカ》は謎だらけ～』を、お手に取ってくださいました皆様へ、改めまして心から感謝いたします。どうもありがとうございました！

　この小説は、「小説家になろう」に投稿していた『恋へ潜らじ』が、マイナビ出版の『第2回お仕事小説コン』の特別賞を受賞し、ファン文庫から発売されることになり、それを改題・加筆修正したものです。

　この本を刊行することで、長年、私の胸の内で温めていた夢を、ひとつ叶えることができ、とても嬉しく思います。

　カバーイラストをげみ様にご担当いただけると伺った時は非常に嬉しかったのですが、その素晴らしい才能に驚嘆すると同時に、プレッシャーに押し潰されそうになったものです。表紙を見て、お手に取ってくださる方々、そして「小説家になろう」のサイトを通じてご覧くださる方々、お読みくださる皆様の期待にしっかりお応えすることができたのか、書籍化において全力を出し切った今でも、その点がとても気がかりです。

　出版に携わってくださる全ての方々に、ご迷惑をおかけしてはいけない、と毎日そんな想いで過ごしました。編集担当の方々には、たくさんの資料を送っていただき、なんの実績もない私を、温かく愛いっぱいに育てていただいたと思っております。

タイトルについては、全幅の信頼をおいている編集に携わってくださった皆様にお任せし、とても愛らしいものをつけていただき、本当に感謝しております。

こうして、心強くも温かくご支援くださった皆様のおかげで、ようやく一冊の本となりました。

編集担当の方々をはじめ、マイナビ出版の皆様、デザイナーの皆様、表紙を描いてくださったげみ様、書店様、「小説家になろう」のサイト運営者の皆様、アドバイスをくださった諸先輩方、書籍化にあたりご尽力くださった全ての皆様に、心より感謝を申し上げます。

そしていつも助けてくれたかけがえのない家族、友達、応援してくださる皆様、フォロワーの皆様、本当にありがとうございました。

この物語を書くきっかけとなりました、今は亡き旧日本海軍機関長の祖父へ敬意と祈りを。

この本を通して、皆様と再び良きご縁を繋ぐことができますように。

またいつかどこかで、皆様とお会いできる日を楽しみにしております。

山本　賀代

この物語はフィクションです。
実在の人物、団体等とは一切関係がありません。
刊行にあたり『第2回お仕事小説コン』特別賞受賞作品、
『恋へ潜らじ』を改題・加筆修正しました。

■参考文献
『世界の艦船　海上自衛隊潜水艦の60年』（海人社／二〇一五年九月号）
『知られざる潜水艦の秘密』柿谷哲也著（SBクリエイティブ）

山本賀代先生へのファンレターの宛先

〒101-0003　東京都千代田区一ツ橋2-6-3　一ツ橋ビル2F
マイナビ出版　ファン文庫編集部
「山本賀代先生」係

ファン文庫

ダイブ！
～潜水系《イルカ》公務員は謎だらけ～

2017年2月20日　初版第1刷発行

著　者	山本賀代
発行者	滝口直樹
編集	田島孝二（株式会社マイナビ出版） 定家励子（株式会社イマーゴ）
発行所	株式会社マイナビ出版 〒101-0003　東京都千代田区一ツ橋2丁目6番3号　一ツ橋ビル2F TEL　0480-38-6872（注文専用ダイヤル） TEL　03-3556-2731（販売部） TEL　03-3556-2733（編集） URL　http://book.mynavi.jp/
イラスト	げみ
装　幀	徳重甫+ベイブリッジ・スタジオ
フォーマット	ベイブリッジ・スタジオ
DTP	株式会社エストール
印刷・製本	図書印刷株式会社

 ISBN978-4-8399-6196-1
Printed in Japan